簡易日本應用文

Japanese Practical

囊括「一般文書」、「商業文書」、「E-MAIL文書」等，坊間最完整、最實用的一本有「圖例」、有內文條例說明的「日文應用文」。

江雯薰——著

序

一般對於書信覺得又難又複雜的人很多。本書的目的在於用簡易方式使日語學習者將所學的日文運用在書信實務上，進而增進商業作文的能力。本書的結構主要分爲「一般文書」「商業文書」「E-MAIL文書」「附錄」這四大部分。

在「一般文書」中，首先介紹書信的基本結構，如正文、前文、後文的書寫方式及各種明信片的寫法和郵票的貼法等，使讀者對一般書信能有初步的了解；接著再深入說明一般書信如何應用在各種不同的場合，如謝函、各種時節的問候、履歷表和自傳等，以幫助讀者靈活運用。

在「商業文書」中，將其分成「公司內部文書」及「公司外部文書」這兩大類。「公司內部文書」是屬於公司內部互相傳達訊息的文書，包括便條、客訴處理報告和理由書等。「公司外部文書」是屬於公司向外界傳達訊息的文書，其中又分成與業務往來相關的「業務文書」，像是詢問函、確認書和契約書等；以及表達關切和各種心意的「社交文書」，像是問候函、道謝函和訃文等。

另外，一般商業文書爲方便建檔和記錄，皆會在文件的右上角記載編號。本書基本上依循此方式，但礙於篇幅有時會省略範例的編號。

在「E-MAIL文書」中，本書針對 E-MAIL 的書寫方式與常見的 E-MAIL 用語等做說明，使讀者對 E-MAIL 有基本的認識。至於其在實際場合的應用，本書參考「一般文書」和「商業文書」的例子，將其改成 E-MAIL 式的簡易寫法。

在「附錄」中，分別收錄「表動作的敬語」、「表人、事、物等的稱呼」、「禁忌用語」、「依要件類別所分的表現」、「常用商業用語」這五部分。其中，「常用商業用語」的部分是將商業用語以日文、中文、英文的順序加以排列、對照，以期增加讀者在專業用語上的應用能力。

在「一般文書」「商業文書」「E-MAIL文書」這三個單元中，大致上以「目的」「書寫重點」「常用表現、句型」「單字」「使用場合」「注意點」爲基本來做說明，有時會因應內容而調整項目，例如「書寫重點」的部分主要是敘述基本架構，讀者須因應實際情況做斟酌調整。此外，「常用表現、句型」的內容主要是以某場合的其他說法及句型的運用爲主，若要使用其他說法時，須注意前後文的關係來選擇適當的句子。至於「單字」部分主要是列舉參考例中的常用單字，有時會因重要程度而重複列舉。

本書與坊間只著重「一般文書」或「商業文書」其中一部分的教科書迥異，內容架構是將兩者結合並加上「E-MAIL文書」，網羅現今社會中常用的實例，搭配相關句型及單字並有系統地用簡易的方式編排，以期有助於讀者的商業作文能力及其在書信上的寫作能力。

contents

Chapter ③ E-mail 文書

附錄

Chapter 1 一般文書

書信的基本構造

書信基本上分成「前文（前文）」、「正文（主文）」、「後文（末文）」、「附錄（後付け）」這四大部分，每一個部分又可再細分成幾個要素。例如：「前文（前文）」可分成「起頭語（頭語）」、「季節問候（時候のあいさつ）」、「詢問平安與否的問候（安否のあいさつ）」、「道謝或道歉的問候（お礼やお詫びのあいさつ）」這四個部分。以下是各個部分的說明。

1. 前文（前文）

書信的起頭部分，內容主要以問候爲主，其約可分成下列四種。

(1) 起頭語：日文稱作「頭語」，就如同口語中的「こんにちは」這個意思，在書信上是以「拝啓」爲代表。起頭語有固定的結尾語組合，要注意各個場合的使用以避免錯誤。

(2) 季節問候：像「日増しに春めいてまいりました」、「爽秋のみぎりとなりました」、「涼しくなりました」這樣有季節感的問候語。

(3) 詢問平安與否的問候：「お仕事はいかがでしょうか」是詢問對方的狀況；「お元気でお過ごしでしょうか」是詢問對方健康的問候語，在這之後通常會添加「私も元気にしております」這句話。

(4) 道謝或道歉的問候：「いつもありがとうございます」、「いつもお世話になっております」、「ご無沙汰してしまって誠に申し訳ございません」等等這樣因應和對方之間的關係來傳達感謝或不好意思的心情。

以下是有關「起頭語（頭語）」、「季節問候（時候のあいさつ）」、「詢問平安與否的問候（安否のあいさつ）」、「道謝或道歉的問候（お礼やお詫びのあいさつ）」的常用表現。

起頭語（頭語）和結尾語（結語）的組合【(　)內的用語主要為女性所用】

	信的種類	起頭語（頭語）	結尾語（結語）
寄信	一般的信	拝啓／啓白／拝呈／一筆申し上げます	敬具／敬白／拝具／（かしこ）
	正式場合的信	謹啓／謹呈／恭啓／謹んで申し上げます	敬白／敬具／謹言／略儀ながら書中をもって申し上げます／（かしこ）
	第一次寄信時	拝啓／拝呈／謹呈／初めてご連絡差し上げます／突然のお手紙を差し上げる失礼をお許しください	敬具／拝具／敬白／謹言／（かしこ）
	省略前文時	前略／冠省／略啓／前略失礼いたします／前文失礼申し上げます／（前略ごめんください）	草々／早々／不一／不備／不尽／（かしこ）
	緊急場合	急啓／急白／急呈／早速ですが／とり急ぎ申し上げます／略儀ながら申し上げます	草々／不一／とり急ぎ用件のみにて／（かしこ）／（ごめんくださいませ）
	慰問場合	急啓	草々／早々
	弔唁場合	*起頭語省略	敬具／合掌
	再次寄信時	再啓／再呈／追呈／（重ねて申し上げます）	敬具／拝具／再拝／敬白／（かしこ）

信的種類		起頭語（頭語）	結尾語（結語）
回信	一般的回信	拝復／復啓／とり急ぎお返事申し上げます／お手紙拝見しました／お手紙ありがとうございます	敬具／拝具／敬白／お返事まで／ではまた／（かしこ）／（ごめんくださいませ）
	正式場合的回信	謹復／謹答／ご書面拝受いたしました	謹言／謹白／敬白／頓首／（かしこ）

季節問候語

【表季節的用語】

月份	常用季節用語				
1月【睦月】	初便り	春近し	冬深し	雪時雨	
2月【如月】	春めく	春一番	春寒	余寒	残寒
3月【弥生】	水温む	春日和	山笑う	彼岸明け	
4月【卯月】	花冷え	菜種梅雨	春深し	夏近し	
5月【五月】	夏めく	風薫る	夏立つ	夏浅し	
6月【水無月】	入梅	梅雨寒	夏深し		
7月【文月】	土用入	夏深し	半夏生		
8月【葉月】	日盛り	秋めく	秋浅し	秋の初風	秋立つ
9月【長月】	秋高し	朝冷え	菊の秋	秋澄む	
10月【神無月】	秋の名残	朝寒	行く秋	秋深し	
11月【霜月】	冬近し	冬めく	冬紅葉	冬立つ	
12月【師走】	山眠る	行く年	年惜しむ	冬木立	松飾る

【依使用場合而分的用語】

場合 月份	正式場合	一般場合	親近場合
1月 【睦月】	1. 心より年の初めのご挨拶を申し上げます。 2. 身も凍るような寒さの日々ですが、皆様お元気でいらっしゃることと思います。 3. 春の訪れがすぐそこのような昨今ですが、皆様お元気でお過ごしでしょうか。	1. この冬の寒さは例年になく厳しいようですが、皆様お元気でお過ごしでしょうか。 2. お正月気分も抜け、またいつもの日常の忙しさに追われていらっしゃることと思います。 3. 例年にない寒さが続きますが、皆様お元気でいらっしゃいますか。	1. お正月休みはどのように過ごされましたか。 2. お正月休みは、久々に里帰りをしました。故郷は、心いやされるものですね。 3. 冬恒例のスポーツ観戦、今年もご家族ご一緒に楽しまれておられるのでしょうね。
2月 【如月】	1. 季節は春ですが、まだまだ上着が手放せない日々です。 2. 春とは名ばかりで、まだ肌寒さを感じるこの頃ですが、皆様お元気でいらっしゃることと思います。 3. 心地よい日差しになり、春の足音が聞こえてくる今日この頃です。	1. 今もって寒さが続く日々ですが、お元気でしょうか。 2. 春の兆しが見え隠れする時期になりました。 3. 桃の節句も近づき、心なしか寒さもゆるんできたような気がいたします。皆様、いかがお過ごしですか。	1. 今日はもう春の日差しです。本格的な春もすぐですね。 2. 雨の日ごとに暖かくなり、早春は雨予報も嫌いではありません。 3. 自然の息吹を感じ、私も元気が出てきました。

場合 / 月份	正式場合	一般場合	親近場合
3月 【弥生】	1. 日を追うごとに春らしくなっています。皆様お変わりなくお過ごしのことと思います。 2. 雨の日ごとに春めきます。 3. 春麗　皆様お変わりなくお元気のことと存じます。	1. 春うららといった穏やかな日和になりました。 2. こちらでもやっと雪解けの時季となりました。 3. お彼岸が過ぎる頃には、季節は本格的に変わりますね。	1. 待ち遠しかった春がついに来ました。 2. ショーウインドウを飾る春のファッションに目が奪われるこの頃です。 3. 街全体がパステルカラーで春爛漫です。
4月 【卯月】	1. 春陽まぶしい毎日がつづいておりますが、皆様お元気でいらっしゃると思います。 2. 桜舞い散る時季になりました。お変わりなくお過ごしのことと思います。 3. 気持よい春日和の時季になりました。	1. 春たけなわ、春の風情を満喫されていることと思います。 2. 春爛漫といった日和が続いています。 3. よりいっそう気温も上がり、日中は汗が出るくらいの日和です。	1. お花見日和の今日この頃、今週末はお花見の話題でいっぱいになりそうです。 2. 新しい環境にはもう慣れましたか。 3. がんばってお仕事されている姿が想像されます。

場合／月份	正式場合	一般場合	親近場合
5月【五月】	1. さわやかな風を感じる五月になりました。皆様お変わりなくお過ごしのことと思います。 2. 青葉が目にしみる時季になりました。皆様お変わりなくお過ごしのことと思います。 3. 季節はもう夏ですが、まだうすら寒い日が続いています。	1. 若葉が美しい季節になりました。皆様お元気ですか。 2. いつの間にか、夏の日ざしと風です。 3. 太陽光線が日ごと強くなり本格的な夏はすぐそこです。	1. 新たなスタートにもうすっかり慣れたころでしょうね。 2. 初夏のさわやかな風が旅心をかきたてる時季になりました。 3. いっきに暖かくなり夏衣装にかえました。
6月【水無月】	1. いつ梅雨の時期に入るかわかりませんが、皆様お変わりなくお過ごしでしょうか。 2. いよいよ梅雨に入り、気が滅入る日々が続いておりますが、お変わりなくお過ごしのことと存じます。 3. 梅雨明けの青空がまぶしい時季になりました。皆様お元気でお過ごしのことと思います。	1. もうすぐ、また気が重い雨の季節がやってきます。 2. 梅雨の晴れ間の青空は、夏色そのものです。 3. すっかり夏日の今日この頃、お元気でいらっしゃいますか。	1. 日傘が手放せない季節となりました。 2. 雨上がりのあじさいの美しさは、この季節一押しと言えます。 3. 梅雨明け直後の真夏日で、又雨が降ってほしいくらいです。

場合 月份	正式場合	一般場合	親近場合
7月 【文月】	1. 本格的な夏を迎えましたが、お元気でご活躍のこととお喜び申し上げます。 2. 今年の梅雨明けは、特に厳しい暑さのように感じられます。 3. 暑中お見舞い申し上げます。	1. 日差しがきびしい季節となりました。 2. 梅雨明けの暑さがよりいっそう感じられる頃となりました。 3. 蝉しぐれが盛んに聞こえてくる季節となりました。	1. 海開き、山開きを知らせるニュースに、本格的な夏の到来を感じる頃となりました。 2. 湿度の高い夏がやってきましたね。 3. よく冷えた生ビールが一番おいしい夏本番です。
8月 【葉月】	1. 季節はもう秋というのにまだまだひどい暑さの日々です。 2. 暦の上では秋というものの、厳しい暑さがいまだ衰えぬ毎日がつづいております。 3. かすかな風に秋の風情を感じる頃となりました。	1. 炎暑お見舞い申し上げます。 2. 残暑お見舞い申し上げます。 3. 朝夕はいくぶん過ごしやすくなってまいりました。	1. 夏休みのご予定は決まりましたか。 2. 帰省ラッシュのニュースを耳にしながら、私は、今年のお盆も仕事に追われています。 3. 今年も夏の食欲は衰えず、ますます食欲が進む秋を迎えることになりそうです。

場合／月份	正式場合	一般場合	親近場合
9月【長月】	1. 九月に入っても、夏を思わせるような暑さがつづいておりますが、皆様お変わりありませんか。 2. 厳しかった残暑もようやく去り、本格的な秋の気配がただよう頃となりました。 3. 涼風が心地よい季節を迎え、お元気でお過ごしのことと存じます。	1. 初秋を迎え、朝夕はだいぶしのぎやすくなってまいりました。 2. 台風も一過、日に日に秋めいてまいりますが、お変わりなくお過ごしのことと存じます。 3. 虫の音にも秋の深まりを感じる季節となりましたが、いかがお過ごしですか。	1. 街のショーウインドウは、一足早く秋本番を迎えています。 2. 風にゆれるコスモスが見られる頃となりました。 3. 秋の夜長、皆様お変わりありませんか。
10月【神無月】	1. すがすがしい好天に恵まれる日々、お健やかにお過ごしのことと存じます。 2. 朝夕はかなり冷え込むようになりましたが、お変わりなくお過ごしのことと存じます。 3. 落ち葉がはらはらと風に舞う季節となりましたが、お元気でお過ごしでしょうか。	1. 気持ちのいい秋風が吹き渡っております。お元気でいらっしゃいますか。 2. 虫の音に、秋の深まりを感じる頃となりましたが、お元気でご活躍のこととお喜び申し上げます。 3. 秋の気配がいっそう色濃くなってきました。ますますご活躍のこととお喜び申し上げます。	1. 新米の美味しい季節になりましたね。ご無沙汰してしまいましたが、その後お変わりありませんか。 2. 鍋物の恋しい季節になりました。 3. 静かな秋の夜長は、なんとなく人恋しくなるものですが、いかがお過ごしですか。

場合／月份	正式場合	一般場合	親近場合
11月【霜月】	1. 朝夕の冷え込みも厳しくなってまいりましたが、お障りなくお過ごしのことと存じます。 2. 初雪の便りが届く頃となりましたが、お変わりなくお過ごしのことと存じます。 3. 冬も間近となりましたが、皆様お変わりなくお過ごしのこととお喜び申し上げます。	1. 菊花の香り高い季節となりました。皆様お変わりなくお過ごしのことと思います。 2. めっきり日足も短くなりましたね。お元気でお過ごしとのこと、何よりです。 3. 街行く人の装いも、いつの間にかすっかり冬支度になっています。	1. 銀杏の落ち葉で、道は金色のじゅうたんを敷き詰めたようです。いかがお過ごしでしょうか。 2. 落ち葉のじゅうたんを踏みしめながらの出勤、なかなか豊かな気分です。皆様お元気でいらっしゃいますか。 3. 寒い夜は、食卓から上がるほかほかの湯気が何よりのごちそうに感じます。
12月【師走】	1. 寒気が日ごとに募ってまいりました。いかがお過ごしでしょうか。 2. 師走も半ばとなり、お忙しい日々と存じます。 3. お忙しい時期に恐縮ですが、ぜひ本年中にご連絡をと思い、一筆申し上げます。	1. 今年のカレンダーもとうとう残り一枚となりました。皆様お元気でいらっしゃいますか。 2. 寒波の到来が、冬本番をいやおうなしに感じさせてくれるこの頃ですが、お変わりありませんか。 3. 迎春のご準備にお忙しい毎日をお送りのことと存じます。	1. スキー場の積雪情報に心躍る季節となりましたが、お変わりありませんか。 2. 年末年始のご予定はお決まりでしょうか。 3. 今年も相変わらず、仕事に追われる年の暮れを迎えています。

詢問健康的問候

【詢問對方平安與否】

<table>
<tr>
<td rowspan="3">皆様（みなさま）
各位（かくい）
△△（姓）様（さま）
ご家族（かぞく）の皆様（みなさま）
ご一同様（いちどうさま）</td>
<td rowspan="3">には
におかれましては</td>
<td>正式場合的表現</td>
<td>ますます</td>
<td>ご健勝（けんしょう）
ご清勝（せいしょう）
ご清栄（せいえい）
ご活躍（かつやく）
ご隆昌（りゅうしょう）
ご発展（はってん）</td>
<td>のことと</td>
<td>大慶（たいけい）に存（ぞん）じます。
お喜（よろこ）び申（もう）し上（あ）げます。
お慶（よろこ）び申（もう）し上（あ）げます。
拝察（はいさつ）いたします。</td>
</tr>
<tr>
<td rowspan="2">一般場合的表現</td>
<td rowspan="2">（その後（ご））</td>
<td colspan="2">お元気（げんき）で
いかがお過（す）ごしで
お変（か）わりなくお過（す）ごしで</td>
<td>すか。
しょうか。
いらっしゃいますか。</td>
</tr>
<tr>
<td>お元気（げんき）で
お健（すこ）やかに
お変（か）わりなく</td>
<td>お過（す）ごしのこと</td>
<td>と存（ぞん）じます。
とお喜（よろこ）び申（もう）し上（あ）げます。
でしょう。</td>
</tr>
</table>

【傳達自己狀況平安與否】

<table>
<tr>
<td rowspan="2">おかげさまで</td>
<td rowspan="2">私（わたくし）も
私共（わたくしども）も
当方（とうほう）も
こちらも</td>
<td rowspan="2">（相変（あいか）わらず）</td>
<td rowspan="2">元気（げんき）に
健康（けんこう）に
平穏（へいおん）に
無事（ぶじ）に</td>
<td rowspan="2">過（す）ごして
暮（く）らして</td>
<td>おりますのでどうぞご安心（あんしん）ください。</td>
</tr>
<tr>
<td>おりますのでご休心（きゅうしん）ください。</td>
</tr>
</table>

道謝或道歉的問候

【平常蒙受照顧的感謝問候】

一般的感謝	日頃は 平素は いつも 常々 長年	何かと いろいろと	お世話になり ご心配を頂き ご厚情を賜り ご指導を賜り お心にかけていただき	謹んでお礼を申し上げます。 誠にありがとうございます。 ほんとうにありがとうございます。
特別想致謝的場合	先日は 先般は この度は	（△△の件で） （△△のことで） 格別の	ご心配を頂き ご支援を受け ご厚情を賜り ご指導を賜り ご高配を賜り お力添えを下さり	厚くお礼を申し上げます。 心より感謝いたしております。 深謝いたしております。

【對於疏於見面的道歉問候】

日頃は 平素は 久しく 長らく	心ならずも 雑事に紛れて	ご無沙汰	を重ね ばかりで してしまい	誠に申し訳ございません。 深くお詫び申し上げます。 どうぞお許しください。

【在謝函和道歉函中的常用語句】

このたび 先日 先般 △月△日	は の件では	道謝的場合	ご厚誼を賜り お引き立てを賜り ご指導にあずかり ご厚意を寄せていただき お力添えをいただき	誠にありがとうございました。 厚くお礼を申し上げます。 心よりお礼申し上げます。 深謝申し上げます。
		道歉的場合	ご迷惑をおかけして ご心配をおかけして お手数をおかけして ご期待に沿えず お返事が遅れ	誠に申し訳ございません。 深くお詫び申し上げます。 恐縮しております。 おわびの言葉もございません。

2. 正文（主文）

正文（主文）是書信的主題。進入正文通常用「さて」「このたびは」「さっそくですが」「ところで」這樣的詞來開始寫要件並進入主題。

3. 後文（末文）

正文寫完之後，用「敬具」「彼処（かしこ）」「草々」這樣的結尾語來做結束。關於結尾語請參考前述之「起頭語和結尾語的組合」表。此外，也有用「先ずは取り急ぎご報告まで」「まずは書中にてお礼まで」「季節の変わり目、どうぞくれぐれもご自愛ください」等等這樣將書信做個總結的場合。

祈求對方健康和幸福

用季節變化來祈求對方健康	時節柄 天候不順の折から 季節の変わり目でございますので 寒さ（暑さ）厳しき折柄ではございますが 例年にない寒さ（暑さ）ではございますが 寒さ（暑さ）厳しき折ではございますが まだまだ寒い（暑い）日がつづきますが	御身お大切に。 どうぞご自愛ください。 お元気でお過ごしください。 ご自愛のほど謹んで願い上げます。 くれぐれもお体を大切になさってください。			
祈求對方健康、幸福、活躍	末筆ながら 末筆となりましたが	皆様の △△様の ご家族の ご一同様の	ますますの いよいよの いっそうの さらなる	ご発展を ご活躍を ご多幸を	お祈りいたします。 心よりお祈り申し上げます。 ご祈念申し上げます。 願い上げます。

傳達「問好」的問候語

向對方家人傳達	奥様にも ご主人様にも ご両親にも ご家族の皆様に	どうか どうぞ くれぐれも	よろしくお伝えください。
傳達己方家人的意向	夫(主人)からも 妻(家内)からも 父(母)からも	くれぐれも	よろしくとのことでございます。 よろしくと申しております。

希望今後繼續給予指導及來往的詞句

これからも 今後とも どうか末永く	よろしく 変わらぬ	ご助言 ご指導ご鞭撻 お導き お引き立て お付き合い	のほど を賜りますよう くださいますよう	お願い申し上げます。 よろしくお願い致します。

傳達日後聯絡的詞句

後日 何れ 追って 近いうちに 近日中に	お電話を差し上げます。 お返事をお聞かせください。 詳細をご連絡申し上げます。 またご連絡いたします。 参上してごあいさつさせていただきます。

希望對方回信時的詞句

お手数ですが 大変恐れ入りますが お忙しいとは存じますが ご多用中とは存じますが	（準備の 都合上）	お返事をいただければ幸甚に存じます。 お返事のほどよろしくお願い申し上げます。 お返事いただきたくお願い申し上げます。 折り返しのお返事をお待ちしております。 至急お返事をお願い申し上げます。 ご検討のうえ、お返事をお願い致します。

道歉字跡、文章潦草的詞句

走り書きにて 悪筆でございますが 乱筆乱文（のほど）	失礼いたします。 何とぞご容赦ください。 どうぞお許しください。 幾重にもお詫び申し上げます。 何とぞ悪しからずお願い申し上げます。

總結要件的詞句

まずは	お礼	まで。
とり急ぎ	お祝い	いたします。
まずは取り急ぎ	お伺い	申し上げます。
まずは書中にて	お返事	のみにて失礼をいたします。
まずはお手紙で	お見舞い	
まずは謹んで	お悔やみ	
遅ればせながら	ご連絡	
略儀ながら書面にて	ご報告	
略儀ながら書中をもちまして		

用短句做結尾的寫法

取り急ぎ用件まで
取り急ぎ用件のみにて。

依月份做結尾的寫法

月份	結尾用語
1月 【睦月】	1. 本年もご指導・ご鞭撻のほどよろしくお願い致します。 2. 寒さはいよいよ本番になりそうです。お風邪など召しませぬようにお気をつけください。 3. 風邪が流行しているようです。どうぞお体にお気をつけください。
2月 【如月】	1. 暦の上では春と申しましても、まだ寒さがつづきます。くれぐれもご自愛ください。 2. まだまだ寒い日がつづきそうなので、どうぞお体に気をつけてください。 3. 季節の変わり目でございます。お風邪など召しませんようにお気をつけください。

月份	結尾用語
3月 【弥生】	1. まだまだ朝晩は冷え込みがつづきます。お体にはくれぐれもお気をつけください。 2. 季節の変わり目ですので、どうぞお体を大切になさってください。 3. 本格的な春までにはまだ間がありそうです。くれぐれもご自愛ください。
4月 【卯月】	1. 天候不順の折から、お体を大事になさってください。 2. 花冷えの季節でございますので、お風邪など召しませぬよう、どうぞくれぐれもご自愛ください。 3. 連休はご旅行とのこと、くれぐれもお気をつけください。
5月 【五月】	1. 過ごしやすい季節とは申しましても、どうぞご無理なさいませんようにご留意ください。 2. 連休のお疲れが出る頃です。どうぞお体にお気をつけください。 3. 梅雨入りも間近となりました。お体にはくれぐれもお気をつけください。
6月 【水無月】	1. 梅雨冷えの折、御身お大切になさってください。 2. 梅雨冷えの日もございますので、どうぞくれぐれもご自愛ください。 3. 梅雨明けには、もうしばらくかかりそうですが、どうぞお体を大事になさってください。
7月 【文月】	1. 夏風邪などお召しになりませんよう、お大事になさってください。 2. 暑さ厳しき折でございますので、どうぞくれぐれもご自愛ください。 3. 猛暑の折ではございますが、どうぞくれぐれもお体をおいといください。
8月 【葉月】	1. 夏バテなどなさいませんよう、くれぐれもご自愛ください。 2. 当分は厳しい残暑が続きそうな気配です。お互いに元気で爽やかに秋を迎えましょう。 3. 夏のお疲れが出ませぬよう、お体を大切になさってください。

月份	結尾用語
9月 【長月】	1. 今しばらくは残暑の日々がつづきそうです。お体をくれぐれもおいといください。 2. 朝夕はめっきり涼しくなってまいりました。お風邪など召しませぬように、くれぐれもご自愛ください。 3. 清々しい好季節を迎え、ますますのご活躍を期待しております。
10月 【神無月】	1. 天候不順の折から、ご自愛専一になさってください。 2. 味覚の秋ですが、お互いに健康管理にはしっかり注意いたしましょうね。 3. 日増しに肌寒くなってまいりますが、どうぞお体に気をつけてください。
11月 【霜月】	1. めっきりと冷え込んでまいりました。御身お大切にお過ごしください。 2. 冬はもうすぐそこまで来ています。お体にはお気をつけください。 3. 年末に向けて、ご多忙な時期とは存じますが、どうぞご自愛ください。
12月 【師走】	1. 寒さ厳しき折、お風邪など召しませんよう、くれぐれもお体を大事になさってください。 2. 年の瀬も押し迫り、お仕事もご多忙の時期と存じますが、どうぞくれぐれもご自愛ください。 3. ご家族おそろいで、よいお年をお迎えくださいますように。

4. 附録（後付け）

在這裡要寫日期、名字、還有收件者的名字和對收件者的敬稱。日期用比本文稍小的字體書寫；收件者名字從第一個字開始用比本文稍大的字體書寫。

只要遵守書信的特有形式，以上述的構造爲基礎來思考就能書寫信件。

信的寫法

【直式寫法】

1. 起頭語（頭語）
像「拝啓」等等的「頭語」要從第一行的第一個字開始寫。有時省略「頭語」，從季節問候語開始寫也可以。

4. 正文（主文）
結束「前文」進入「主文」的時候，或者是在「主文」中突然改變話題的時候，要換行空一個字來寫。

5. 後文（末文）
除去「後付」的部分，「末文」在信的第二頁之起頭結束的話，會有版面分配不均的感覺，此時至少「末文」要寫到第二行或第三行，然後再寫「後付」的部分。

前文 ／ 主文 ／ 末文 ／ 後付

拝啓[1]　菊花の香り高き季節を迎えましたが、会長には[2]いよいよご健勝のこととお喜び申し上げます。[3]

[4]さて、このたび会長におかれましては喜寿をお迎えとのこと、まことにおめでたく心よりお祝い申し上げます。ご活躍の様子を拝見しておりますので、お祝いの節目はまだ先のことと思っており、少々驚いております。

このうえは、一層ご自愛くださいまして、更なるご長寿を重ねられ、私どもをご指導ご鞭撻くださいますようお願い申し上げます。

なお、気持ちばかりではございますが、お祝いのしるしを別便にてお送り申し上げました。お茶のときにでもお召しいただければ幸いに存じます。

[5]末筆ながら、会長のますますのご健康とご多幸を心よりお祈り申し上げます。

敬具[6]

九月十五日[7]

安田紀子[8]

工藤隆志会長[9]

2. 季節問候語（時候のあいさつ）
季節問候語在起頭語之後空一格開始寫。第一行只寫起頭語，之後換行空一個字寫季節的問候語也可以。

3. 對方的稱呼（相手側の呼び方）
像「△△様」「ご家族」「先生」「会長」等等稱呼對方的用語，如果在句尾的話，就換行從第一個字開始寫。

6. 結尾語（結語）
「敬具」等等的結尾語寫在「末文」的下一行且在該行最後一字留白（如例文）。若行數不夠的話，就寫在「末文」的最下方，此時該行最後一字也要留白。不過，近年最後一字不留白的場合增多。

7. 日期（日付）
從上面空一至二個字開始寫日期，以較「本文」稍小的字來書寫。若是日常的書信可省略年號只寫日期。

8. 署名（署名）
自己的名字寫在日期的下一行底部，除了親朋好友之外，一般寫全名。

9. 收件者（宛名）
收件者的名字從署名下一行的第一個字開始寫。為了表示尊敬對方，用比「主文」稍大的字體書寫。個人的敬稱用「様」，教師、醫生用「先生」，企業、團體用「御中」，複數的人用「各位」。

【橫式寫法】

1. 起頭語（頭語）
像「拝啓」等等的「頭語」要從第一行的第一個字開始寫。有時省略「頭語」，從季節問候語開始寫也可以。

2. 季節問候語（時候のあいさつ）
「頭語」之後空一格開始寫季節的問候語，省略「頭語」的場合從第二個字開始寫。

前文

拝啓　厳しい寒さがつづいておりますが、ご家族の皆様にはお変わりなくお元気でお過ごしのこととお喜び申し上げます。

主文

さて、叔父様に折り入ってお願いがございまして、お手紙を差し上げました。

実は、このたび、大阪府大阪市中央区にある貿易会社から採用の通知がございました。そのため４月から大阪で生活することになりました。入社に際して、会社から大阪在住の身元保証人が必要と言われているのですが、ご存じのように、親戚のほとんどは福岡に住んでおります。そこで、勝手なお願いで恐縮でございますが、叔父様に私の身元保証人をお引き受けいただけないでしょうか。

叔父様には私のことでご面倒をおかけしないよう、仕事もプライベートも真面目にする所存です。お引き受けいただけるようでしたら、すぐに書類を持参の上ご挨拶に伺いたく存じます。

末文

近々お返事をお聞きしたいので、お電話を入れさせていただきます。どうかご承諾下さいますよう、よろしくお願い致します。

文筆にて失礼かと思いますが、どうぞよろしくお願い致します。

敬具

後付

1月20日

中山弘

中山一雄様

3. 正文（主文）
進入「主文」時，換行空一個字開始寫，若在中途改變話題時，隨時都可以換行，此時空一個字開始寫。

4. 結尾語（結語）
在行末空一個字向左寫。

5. 日期（日付）
橫寫的時候，用阿拉伯數字來標示日期。

7. 收件者（宛名）
從第一個字開始，用稍大的字體來書寫。個人的敬稱用「様」，教師、醫生用「先生」，企業、團體用「御中」，複數的人用「各位」。

6. 署名（署名）
自己的署名約在行末空一字之後向左寫。

信紙的摺法與放入信封的方法

1. 日式信封的場合

(1) A4 信紙的摺法

將 A4 信紙分成三等分。①先對角測量三等分中的兩等分（不要有對角摺痕），②將最下方的部分往上摺，③將摺對角的部分上下對摺。④放入信封時，將信紙的開頭部分放在信封正面的左上方。

(2) B4 信紙的摺法

①將 B4 信紙對摺後，②再對摺。③放入信封時，將信紙的開頭部分放在信封正面的左上方。

2. 西式信封的場合

①先將 A4 直向對摺後，②再由上往下對摺。③放入信封時，將信紙的開頭部分放在信封正面的右上方。另外，喪事的場合，摺法與一般場合相同。不過，放入信封時，是從信封的背面來看，將信紙的開頭部分放在信封的右上方。

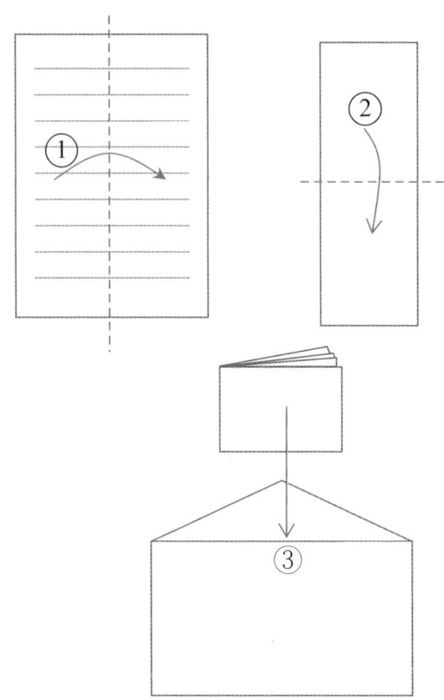

信封的寫法

1. 日式信封的寫法

基本篇

住址寫在郵遞區號後四碼的區間內，對方的姓名寫在信封的中央，住址盡可能在兩行的範圍內寫完；若是工作住址的話，必須寫公司名稱和所屬部門，因此分三行來寫也無妨。

【正面的寫法】

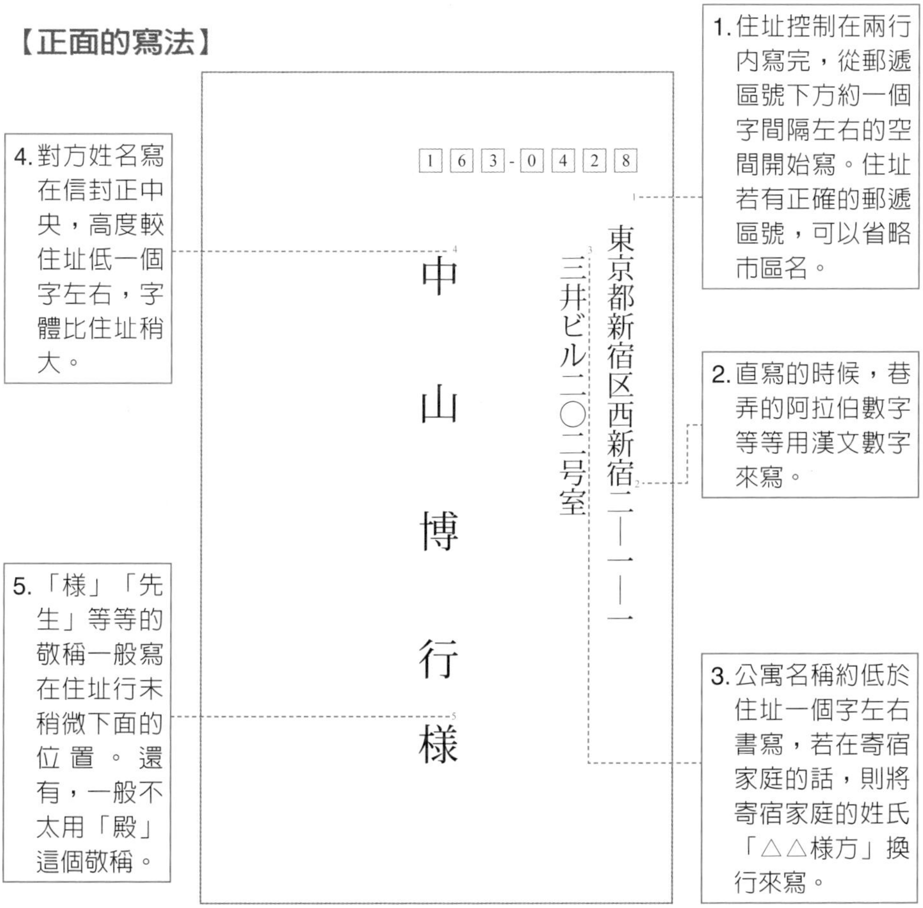

1 6 3 - 0 4 2 8

東京都新宿区西新宿二－一－一

三井ビル二〇二号室

中山博行様

1. 住址控制在兩行內寫完，從郵遞區號下方約一個字間隔左右的空間開始寫。住址若有正確的郵遞區號，可以省略市區名。

2. 直寫的時候，巷弄的阿拉伯數字等等用漢文數字來寫。

3. 公寓名稱約低於住址一個字左右書寫，若在寄宿家庭的話，則將寄宿家庭的姓氏「△△様方」換行來寫。

4. 對方姓名寫在信封正中央，高度較住址低一個字左右，字體比住址稍大。

5. 「様」「先生」等等的敬稱一般寫在住址行末稍微下面的位置。還有，一般不太用「殿」這個敬稱。

【背面的寫法】

1. 在信封的封口上一般用「〆」來劃記，正式的場合用「封」、「緘」，結婚的場合用「寿」，慶祝長壽等等的場合用「賀」。

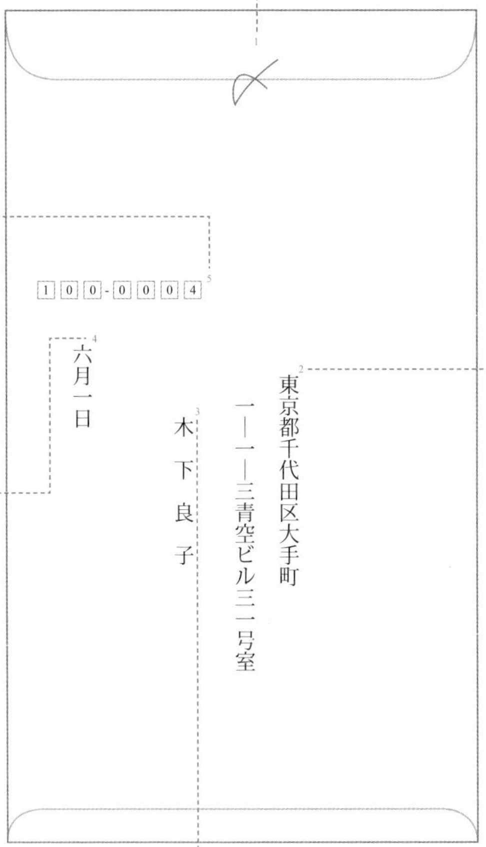

5. 一般信封都印有填寫郵遞區號的方格，在方格內填寫即可。

2. 住址約寫在信封中央偏右的地方。

4. 日期一般寫在信封的左上方。

3. 姓名約寫在中央偏左的地方，姓名的第一個字低於右一行住址一個字左右。

應用篇

【寄給夫妻或是父子的場合】

第二位省略姓氏，只寫下面的名字，但是全部都必須要寫上敬稱。

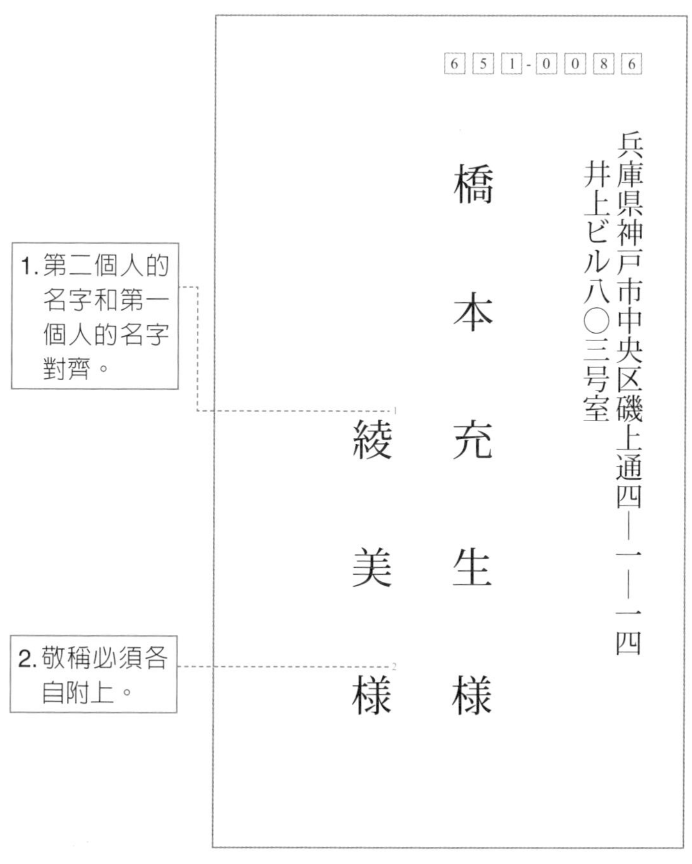

【寄到公司的場合】

因爲加上了公司名稱和部門，住址部分將會變長，所以字體要寫得小一些，並盡可能將長度控制在三行以內。不過對方的公司名稱或職稱，須換行從頭寫。

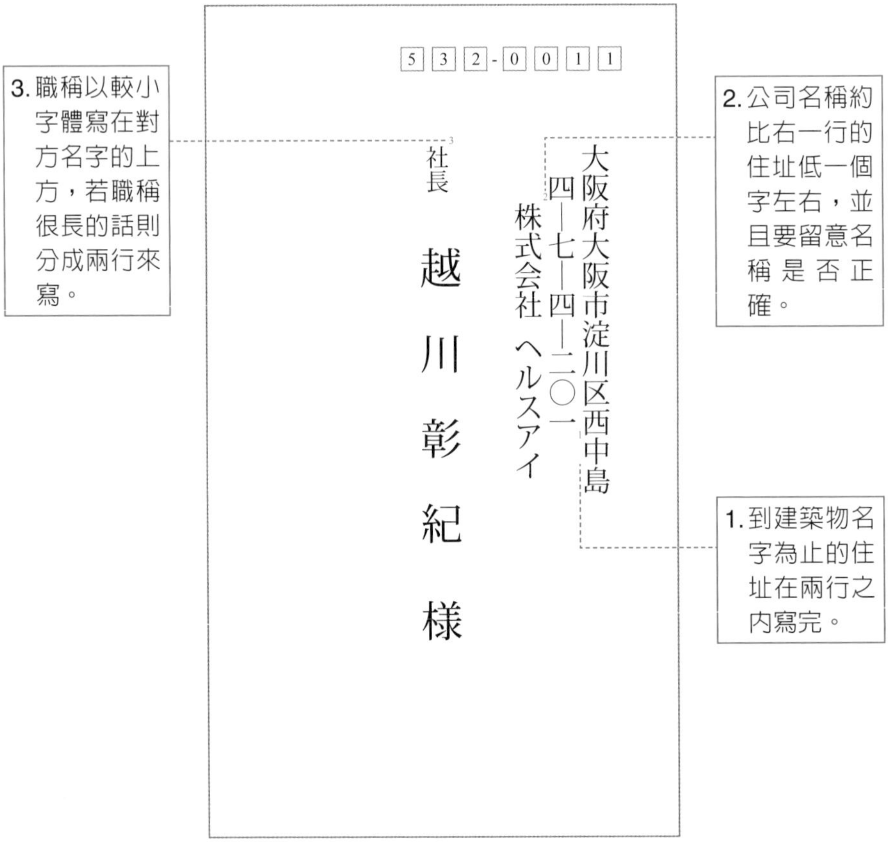

2. 西式信封的寫法

基本篇

【正面的寫法（直寫）】

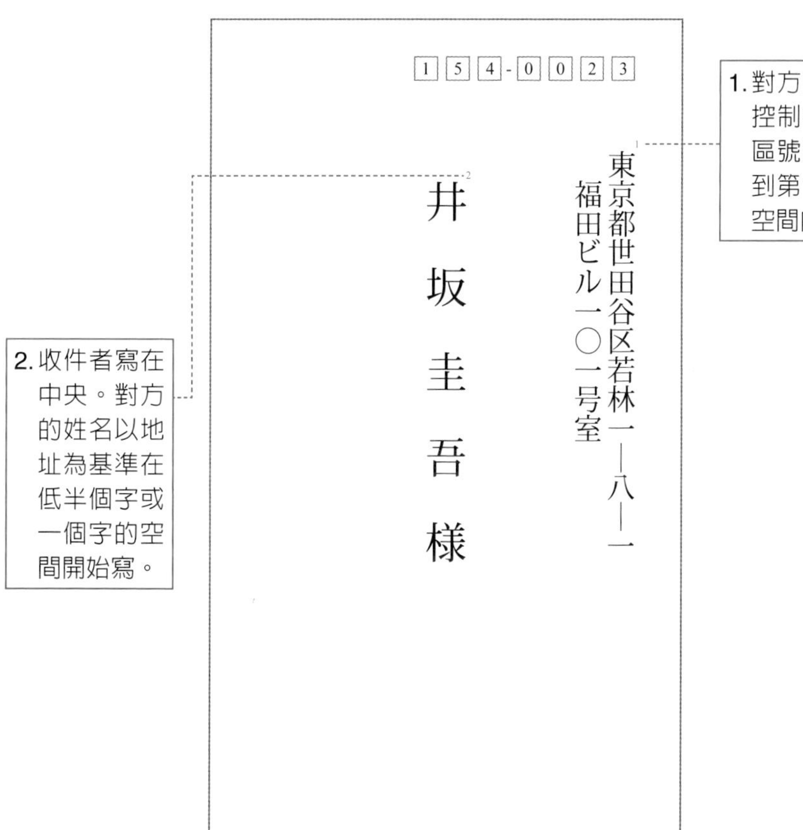

【正面的寫法（橫寫）】

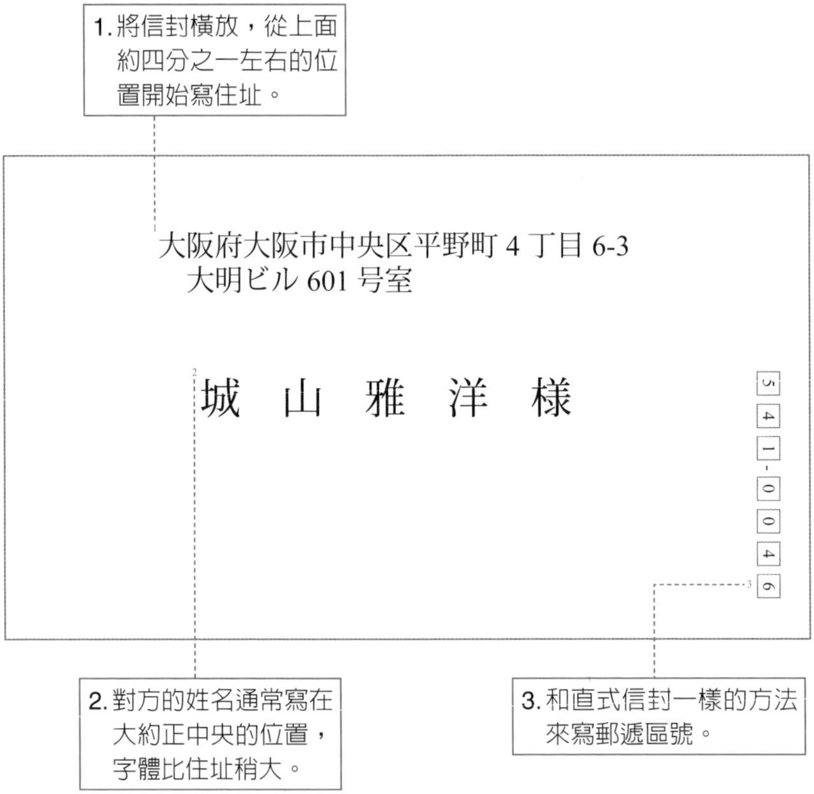

1. 將信封橫放，從上面約四分之一左右的位置開始寫住址。

大阪府大阪市中央区平野町 4 丁目 6-3
大明ビル 601 号室

城　山　雅　洋　様

541-0046

2. 對方的姓名通常寫在大約正中央的位置，字體比住址稍大。

3. 和直式信封一樣的方法來寫郵遞區號。

【直放橫寫的場合】

3 2 6 - 0 8 2 4

1. 將信封上下約分成三等分且將住址和姓名約寫在正中央。

栃木県足利市八幡町 1-2-15
アルコビル 205 号室

中　野　修　二　様

2. 要注意左右的平衡，收件者的名字加上敬稱要放在郵遞區號最後一碼的內側。

【沒有郵遞區號方格的場合】

1. 郵遞區號寫在住址的上方，並用較住址更小的字體來寫。若要避免機器無法自動讀取可以不使用「〒」。

661-0033
兵庫県尼崎市南武庫之荘 8-5-2

江　本　千　恵　子　様

2. 對方姓名寫在正中央，字體比住址稍大。

【反面的寫法（直寫）】

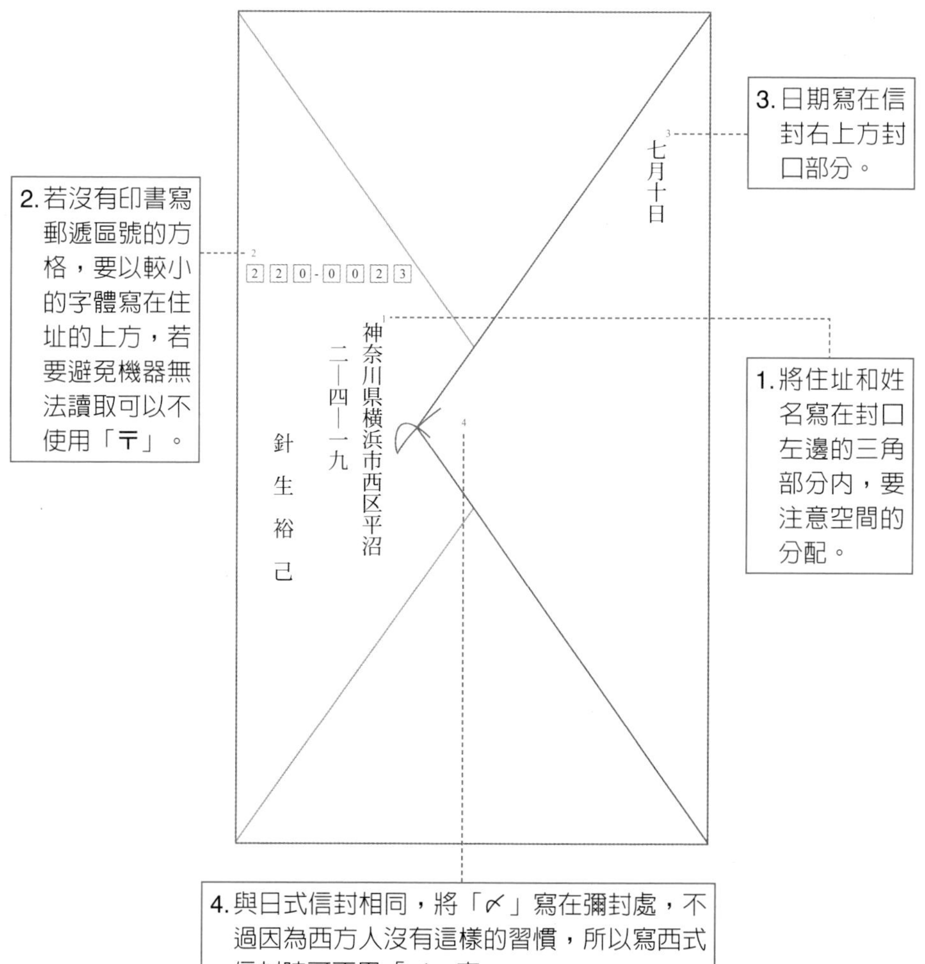

4. 與日式信封相同，將「〆」寫在彌封處，不過因為西方人沒有這樣的習慣，所以寫西式信封時可不用「〆」字。

【反面的寫法（横寫）】

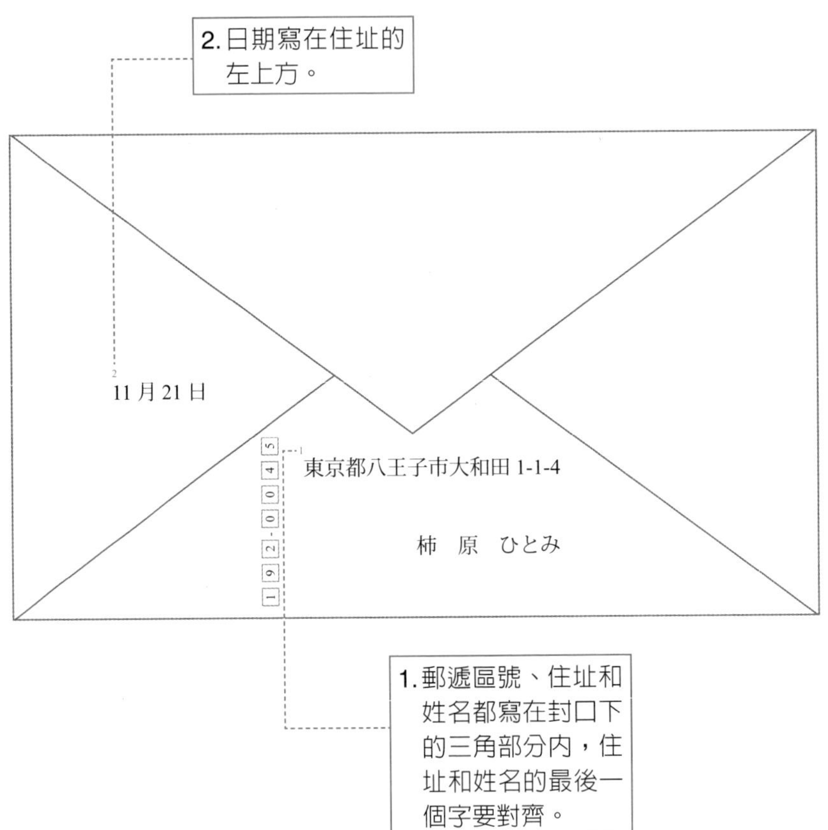
2. 日期寫在住址的左上方。
11月21日
1 9 2 - 0 0 4 5
東京都八王子市大和田 1-1-4
柿　原　ひとみ
1. 郵遞區號、住址和姓名都寫在封口下的三角部分内，住址和姓名的最後一個字要對齊。

【喪事用信封的封口方向要由左向右蓋】

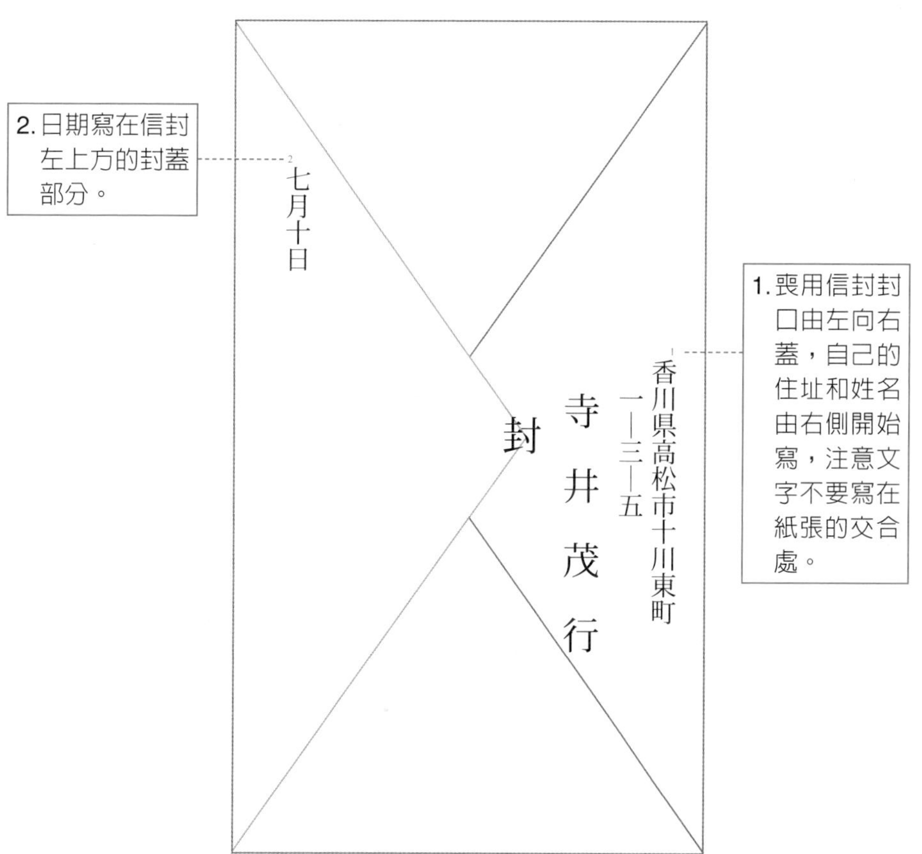

應用篇

將日式信封橫放來當成西式信封用的人最近增多，此時將信紙摺成三段後的大小就能剛好放入信封內。

【正面的寫法】

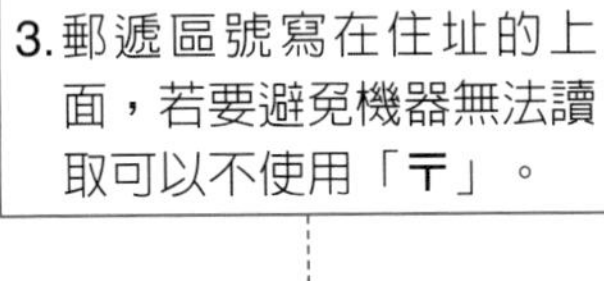

1. 上下左右的留白區域要大致相等，因此應在信封正中央稍微上面的地方開始寫對方的住址及姓名，最後寫上郵遞區號。

596-0052

大阪府岸和田市並松町 22-30

寺　田　篤　史　様

2. 寫在對方姓名下方的敬稱「様」放在比住址最後一字稍微偏右的地方。

【背面的寫法】

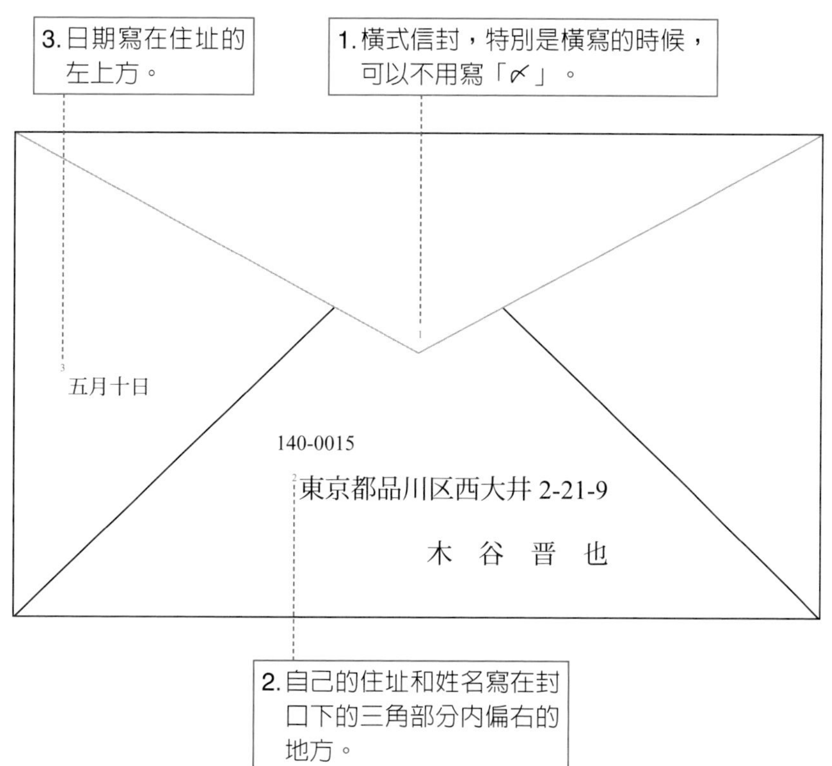
3. 日期寫在住址的左上方。
1. 橫式信封，特別是橫寫的時候，可以不用寫「〆」。
3
五月十日
140-0015
2
東京都品川区西大井 2-21-9
木 谷 晋 也
2. 自己的住址和姓名寫在封口下的三角部分內偏右的地方。

郵票的貼法

【長型信封的郵票貼在左上方】

貼兩張郵票的時候，長型信封的話是直貼兩張，橫放信封的話是兩張左右並列。貼三張以上郵票的時候，因不好蓋郵戳，所以郵票盡可能在兩張以內。

切手

529-1851

滋賀県甲賀市信楽町長野二三八—一

奥田陽三様

【橫長形信封的郵票貼在右上方】

公司專用信封通常將住址寫在左上方，此時將郵票貼在右上方。貼兩張郵票時是兩張左右並列，貼三張以上時，因不好蓋郵戳，所以郵票盡可能在兩張以內。

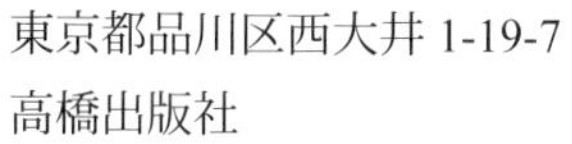

東京都品川区西大井 1-19-7
高橋出版社

切手

818-0024

福岡県筑紫野市原田 7-12-5 サンフォーレ
舞音 203 号室

森　山　高　広　様

明信片的基本構造

明信片比書信還要簡略，而且它的空間不大，因此將要件當成主旨來寫。一般分成「前文」「主文」「末文」。相當於「後付け」的署名、收件者、日期則寫在正面的側方。明信片基本上以一個主題要件爲主，在前後加上如「お元気ですか」「お体にお気をつけください」這樣簡單的問候語。特別是「前文」的四個問候語要素，只要從其中選擇一個或兩個就可以了。以下是有關於「前文」的注意事項。

【起頭語】

日文的「頭語」和「結語」要配套使用。「頭語」就如同口語中的「こんにちは」，書信中則以「拝啓」爲代表。

「結語」就如同口語中的「さようなら」，在書信中則是相當於「敬具」這樣的詞。

「頭語」和「結語」必須要配合對方及內容來使用。以下是依照場合來分適當的「頭語」和「結語」。

(1) 一般的「頭語」、「結語」

多用「拝啓」「敬具」。「謹啓」「謹言」意思和「拝啓」「敬具」相同，是用在更正式的場合。

(2) 緊急時候或者聯絡業務時所用的「頭語」、「結語」

① 「前略」「草々」：「前略」就如同文字所示，是表省略「前文」的意思；「草々」是用在沒有時間或時間不充分時候的詞。

② 「冠省」「不一」：「冠省」將「前文」省略的意思；「不一」是表無法充分表達意思之意。

(3) 女性專用的「結語」

「彼処（かしこ）」：寫信者是女性的場合，不管是用「拝啓」「謹啓」「前略」或者是不使用「頭語」開始寫的場合，可以用「彼処（かしこ）」來做「結語」。但是此字不使用在商業文書，這是因爲「彼処（かしこ）」的語源是「畏」字的關係。

【季節問候】

在「拝啓」等等的「頭語」之後寫季節問候語。有用像「～の候」這樣簡單的慣用句，不過會給予人生硬的印象。與其用「初春の候」，不如

用「春らしくなってまいりました」這樣在日常生活中常用的問候語。

【詢問平安與否的問候】

詢問或問候對方的健康狀況，然後傳達自己的近況。了解對方的近況時，要用「お元気そうで何よりです」。對長輩不使用「お元気ですか」這樣的疑問句，要用「ご活躍のこととお慶び申し上げます」這樣確信對方的健康及活躍的寫法。另外，要注意不寫讓對方擔心的事情，因爲將自己不健康或不好的狀況傳達的話，會讓對方擔心。

在慰問函的場合要省略詢問對方平安與否的問候語，如「いかがお過ごしでしょうか」這樣的話。此時要體諒對方身處與病魔抗鬥及悲傷之中的處境。

【道謝或道歉的問候】

將自己對對方道謝或者道歉的心情直率地表達出來，大致上分成以下兩種問候。

(1) 平常受照顧感謝的問候

在進入正文之前，用「いつもありがとうございます」「いつもお世話になっております」這樣的話來傳達感謝的心情。

(2) 對於好久不見而感到抱歉的問候

要傳達應該常常見面這樣的心情，特別是恩師或是在職場上受照顧的人或長輩等等。這部分是因應狀況而添加的問候。

明信片的寫法

【正面的寫法（直寫）】

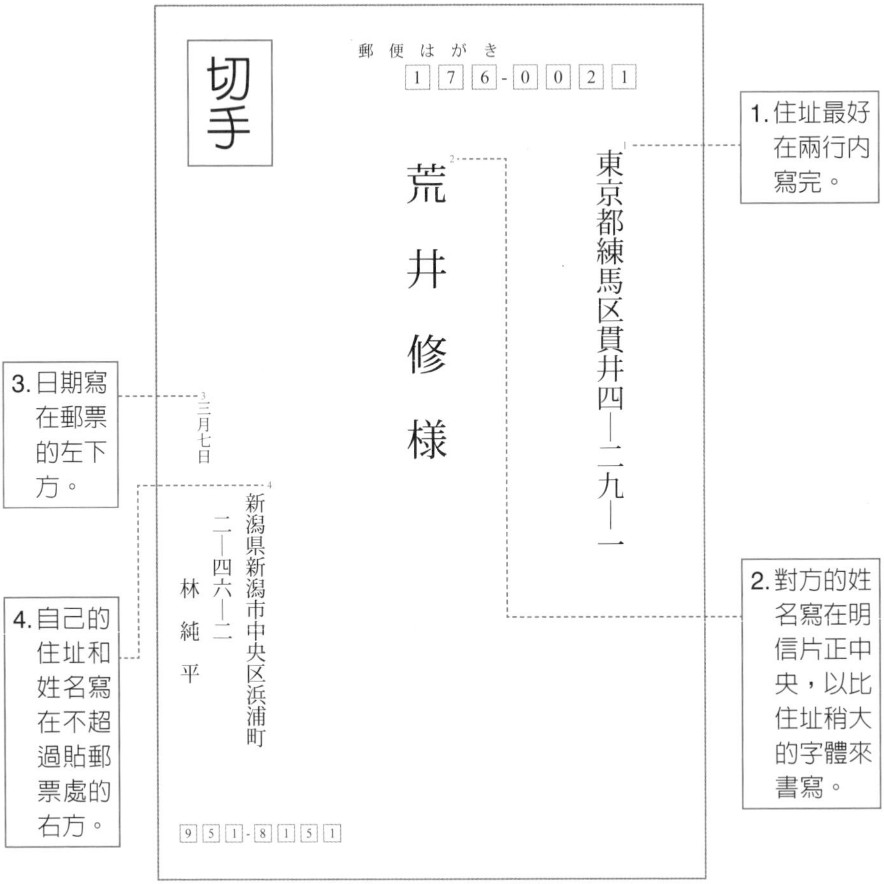

切手

郵便はがき

176-0021

東京都練馬区貫井四―二九―一

荒井修様

三月七日

新潟県新潟市中央区浜浦町

二―四六―二

林純平

951-8151

1. 住址最好在兩行内寫完。

2. 對方的姓名寫在明信片正中央，以比住址稍大的字體來書寫。

3. 日期寫在郵票的左下方。

4. 自己的住址和姓名寫在不超過貼郵票處的右方。

【正面的寫法（橫寫）】

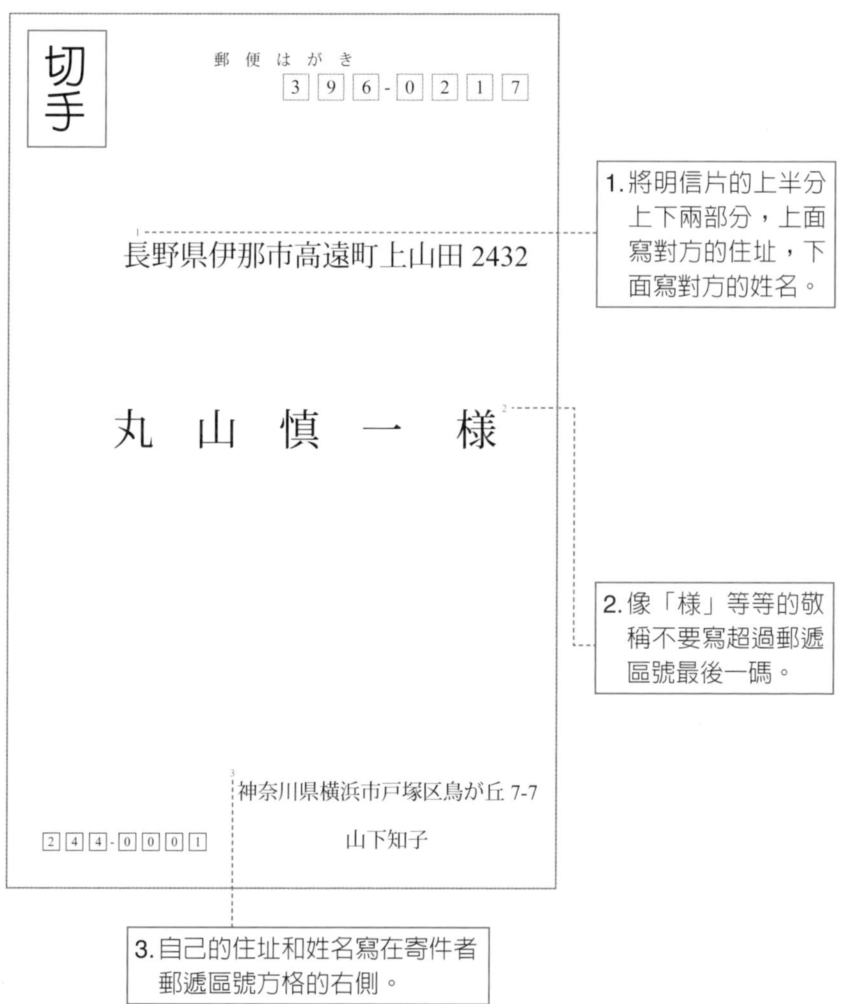

切手
郵便はがき
396-0217
1
長野県伊那市高遠町上山田 2432
2
丸山慎一様
3
神奈川県横浜市戸塚区鳥が丘 7-7
244-0001
山下知子
1. 將明信片的上半分上下兩部分，上面寫對方的住址，下面寫對方的姓名。
2. 像「様」等等的敬稱不要寫超過郵遞區號最後一碼。
3. 自己的住址和姓名寫在寄件者郵遞區號方格的右側。

【反面的寫法（直寫）】

3. 換段落、改行時，和書信一樣空一個字開始寫。

1. 從右側留白一公分左右開始寫。

いつもの夏とは違い、暑い日々ですが、皆様お元気でいらっしゃることと思います。

先日は、けっこうなお中元をお送りいただき、どうもありがとうございました。さっそく家族で喜んでいただきました。

今後ともよいお付き合いをよろしくお願い致します。

まずは短文にてお礼まで。

かしこ

2. 由「拝啓」等等的「頭語」開始寫時，從第一個字開始寫；省略「頭語」時，空一個字開始寫。

4. 「結語」寫在「主文」最後一行底部空一個字的地方。

【反面的寫法（橫寫）】

1. 將主要訊息以較大字體書寫，如將「寒中お見舞い申し上げます」、「あけましておめでとうございます」等等的問候詞或像「結婚しました」等等的訊息放大寫在開始的部位。

寒中お見舞い申し上げます

丁重なお年始状をいただき、どうもありがとうございました。実は、昨年末父が亡くなり、喪中の年明けとなりましたので、年始のごあいさつを控えさせていただきました。

今年も皆様方のご健康をお祈り致します。また、これからもどうぞよろしくお願い申し上げます。

2. 和直寫比起來，橫寫時每行總字數會變少而行數會變多，因此將字距變窄、行距變寬來寫的話，較易於閱讀。

風景明信片的寫法

1. 將對方的郵遞區號和住址約寫在上下留白相等的地方。

POSTCARD

　家族で雪まつりを楽しんでいます。雪像の迫力に驚いています。外気温はかなり冷えていますが、室内の暖房は心地よく、ご当地お勧めの生ビールがたまりません。

　おみやげを楽しみにね。

札幌にて、小原早苗より

切手

924-0051

石川県白山市福留町 370

小西　明　様

2. 因為風景明信片的空白處較少，所以從旅行地寄的話可以省略自己的住址和姓名。

回覆出缺席用的明信片寫法

【正面的訂正】

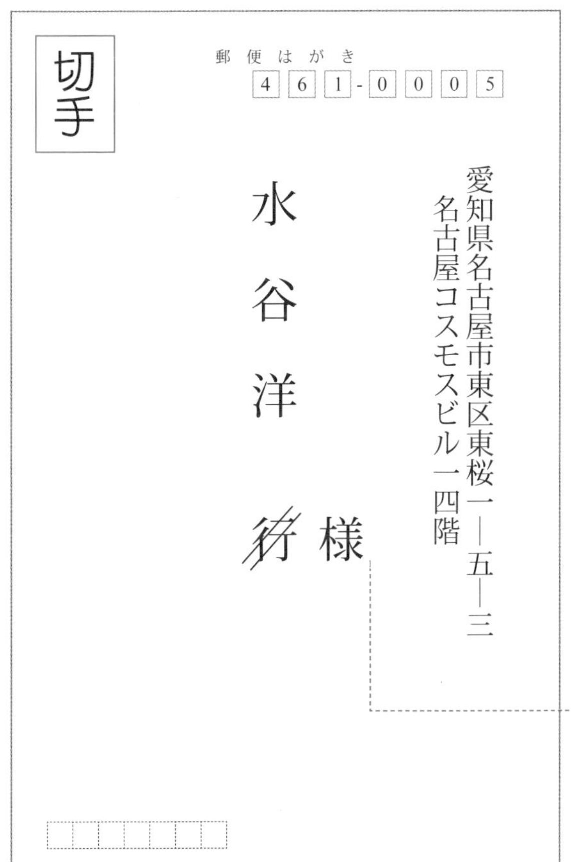

1. 將「行」字的部分用兩條線劃掉，在旁邊加上「樣」。

【反面的寫法和訂正】

ご出席（1、2）
ご欠席
いたします。

皆様とお会いできることを心より
楽しみにしています。

ご住所　大阪府大阪市西区京町堀
一－一七－一六

ご芳名　古賀淳一

1. 將出缺席、住址、姓名部分所寫的「ご」「御」等等劃掉。

2. 出席與否以圈選適當的選項來表示。

ご出席
ご欠席

残念ながら出張の予定があり、申し訳ないですが出席できません。皆様の一層のご発展をお祈り申し上げます。

ご住所　青森県むつ市大字田名部字上道
八七―九

ご芳名　森　隆　幸

1. 出缺席確定的時候，寫上自己的住址、姓名以方便對方聯絡。若能親筆寫些字句的話，會讓對方的印象良好。特別是缺席的情況，要簡單寫上缺席理由才有禮貌。

祝賀函

【書寫重點】

祝賀的內容基本上要寫祝福的話、對喜事的感言、對往後的期待、關於賀禮的事、結尾的話。

1. 出席喜宴的場合

【書寫重點】

⑴若是當事人的好友，應在回函的明信片中寫上一些話來傳達祝福的心意。此時，無論寫得再短，祝賀的心意也要用書信表達。

⑵因父母親的關係而出席婚禮的情況，除了感謝對方的招待之外，還要給對方父母親賀卡以示禮貌。

ご結婚おめでとうございます

(1)ゴール・インなさると伺いました。本当におめでとうございます。文子さんの笑顔はとても素敵で、幸せそうに見えます。羨ましいです。

結婚式にはもちろん出席します。落ち着いたら、ご新居にも一度伺って、じっくりとお話させてください。ぜひご主人にも会わせてください。

(2)お二人の末永い幸せとご健康をお祈りし、まずはお祝いまで。

常用表現、句型

⑴其他說法：

・ご結婚がお決まりになったとのこと、おめでとうございます。

・この度は良き人生のパートナーを得て、新しい出発を決意なさったとのこと、ほんとうにおめでとうございます。

⑵其他說法：

・お二人の新家庭のお幸せを心からお祈り申し上げます。

單字

ゴール・インする		抵達終點
新居	しんきょ	新居、新住宅
末永い	すえながい	永久的、長久的

2. 缺席喜宴的場合

【書寫重點】

⑴若不參加婚禮的話，先用回郵明信片通知對方，之後另外寫信爲缺席一事道歉並表示祝福。

⑵若是交情不深的場合，用卡片表示心意即可，不一定要送祝賀的禮金或禮物。

和弘くん、紀子さん、ご結婚おめでとうございます。おふたりの新たな**門出**に乾杯！

さて、披露宴のことですが、招待してくださってありがとうございます。

(1)出席したい気持ちは山々ですが、あいにく諸般の事情で出席できません。せっかくお招きいただきましたのに、出席できなくて申し訳ありません。

(2)和弘くんは紀子さんときっと世界一幸せな家庭を築くことができると思います。お二人の愛の明かりが末長くありますように。

つきましては、(3)気持ちばかりのお祝いを包ませて頂きましたので、お受け取りください。今後のお幸せを心よりお祈り申し上げます。

まずは、不参のお詫びとお祝いまで。

常用表現、句型

⑴其他說法：

- ～のため、{不本意ながら／心ならずも} 失礼いたします。
- どうしても都合がつかず、参列することができません。
- せっかくご招待をいただきながら、まことに申し訳なく思っています。

⑵其他說法：

- お二人に乾杯！心の安まる家庭を作ってください。そして、いつまでもお幸せに。

⑶其他說法：

- お祝いのしるしまでに、心ばかりの品をお送りいたしましたので、どうぞご笑納ください。

單字

門出	かどで	出門、出發
山々	やまやま	很多
諸般	しょはん	各種

3. 不舉行婚宴的場合

【書寫重點】

對著重實際而不舉行婚禮的新人給予正面評價，避免表現出失望的態度。

拝啓　このたびはご結婚おめでとうございます。ご結婚のお知らせを拝見して、まるで自分のことのように嬉しかったです。お相手は、**幼馴染み**だそうです。素敵な家庭を作って、いつまでも世界一幸せなおふたりでいてください。

(1)**披露宴**はされないそうです。聡子さんの美しい**花嫁姿**を楽しみにしておりまして、(2)残念な気持ちがないこともありませんが、お二人の選択が一番だと思います。形式より、どんな時も相手を信じ合う結婚生活のほうが大切ですから。

お祝いの気持ちを込めて品物を送りましたので、お納めください。

明るくて幸せいっぱいの家庭を築いていくよう、心からお祈りいたします。

敬具

常用表現、句型

(1) 其他說法：

・披露宴がないことは残念ですが、いつまでもお二人の幸せを心よりお祈り申し上げます。

・披露宴を行わないことは残念ですが、お二人の晴れの門出を心から祝福します。

⑵其他說法：

・お美しい花嫁姿が見られないことは残念ですが、その決断に感服しました。

單字

幼馴染み	おさななじみ	青梅竹馬
披露宴	ひろうえん	婚宴
花嫁姿	はなよめすがた	新娘姿態

4. 朋友再婚的場合

【書寫重點】

⑴向對方直率地表達新出發的喜悅。

⑵避免使用「今度こそ」、「前回の結婚は」、「再出発」這些有強調梅開二度意思的表達方式。

拝啓　おめでたいお知らせをありがとうございました。お二人の晴れの門出を心よりお祝い申し上げます。

　このたび、⑴**ご良縁**を得られて、誠におめでとうございます。どうか二人で**支えあって**明るい家庭を作ってください。

　聞けば職場での恋愛結婚とのこと、毎日顔を合わせて、相手の日頃の様子や行動をよく見たうえで選んだ方なら安心です。分かり合える人生の**パートナー**を得て、仕事の面では着実に歩みを進めていかれると信じております。

　⑵**ささやか**なお祝いの品を別便にてお送りします。どうぞお納めください。

　お二人のお幸せをお祈りし、まずはお祝いまで。

敬具

常用表現、句型

⑴ 其他說法：

- とてもいい方のようで安心しました。
- 理想の方に巡り会えておめでとうございます。

⑵ 其他說法：

- お祝いのしるしに△△を別便にてお送りいたしました。どうぞご笑納ください。

單字

良縁	りょうえん	良緣
支えあう	ささえあう	支撐
パートナー		夥伴
ささやか		微小的、簡單的

5. 慶祝嬰兒誕生的場合

【書寫重點】

⑴ 當獲知對方生下孩子，除非是至親，否則應盡可能避免前往醫院或到對方住家慶祝。

⑵ 應先用書信或卡片傳達祝福的心意，之後再贈送祝賀的禮品。

⑶ 直接傳達由衷感到喜悅的心情，可省略季節問候等等前文。

待望の赤ちゃんのご出産、誠におめでとうございます。家族がまたひとり増えて、ますます賑やかに楽しくなります。

また、(1)母子ともにお元気とのこと、安心しました。産後で大変でしょうが、今はゆっくりとご**静養**なさって、体調を早く回復されますように。

(2)あなたが落ち着いたら、あかちゃんのお顔を見に伺いますが、まずは取り急ぎお祝い申し上げます。

なお、別便にて心ばかりのお祝いの品をお送りいたしましたので、どうぞお納めください。

常用表現、句型

(1)其他説法：

- 母子ともに順調で何よりです。
- 本当にお疲れ様でした。でも、これまでの苦労は、赤ちゃんの可愛い顔を見たとたん忘れてしまうでしょう。

(2)其他説法：

- いずれ改めて赤ちゃんの可愛らしいお姿を拝見したいところですから、退院後お伺いします。

單字

待望	たいぼう	期待
静養	せいよう	靜養

6. 慶祝升遷的場合

【書寫重點】

就目前爲止受到對方照顧一事向對方致謝，同時也祝福對方往後更加活躍。

拝啓　春暖の候となりましたが、ますますご清栄のこととお慶び申し上げます。

さて、このたびの人事異動⑴で、生産部長にご昇進とお伺いし、心よりお祝い申し上げます。⑵生産第二課課長ご在任中は、格別のご高配に**あずかりまして**、ありがたく厚く御礼を申し上げます。

⑶競争が厳しくなってきている現在、ますますのご**活躍**に期待いたしております。同時に、ご健康には十分ご**留意**くださいませ。

ご**就任後**、ご挨拶に参上させていただく所存でございますが、まずは書中をもってお祝いを申し上げます。

敬具

常用表現、句型

⑴其他説法：

・△△様、部長へのご昇進、誠におめでとうございます。日頃積み重ねてこられた賜物と拝察し、心からお祝い申し上げます。

⑵其他説法：

・前職在任中は、公私にわたりご厚誼を賜り、あらためて御礼申し上げます。

⑶ 其他說法：

・これまでのご経験を生かし、ご活躍を期待しております。

單字

あずかる		蒙受
活躍	かつやく	活躍
留意	りゅうい	注意
就任後	しゅうにんご	上任後、就職後

7. 慶祝調職的場合

【書寫重點】

⑴ 祝福對方往後更加活躍。

⑵ 直率地表達出擔心對方到新環境後工作過於疲勞，或是因調職而產生寂寞感這種心情。

拝啓　このたびは、本社の営業部長へのご栄転、まことにおめでとうございます。これまで**職務**に全力をつくしてこられ、また格別のご指導とご鞭撻を賜り、心から厚くお礼申し上げます。

⑴**新任地**に単身でご赴任なさるとのこと、ご家族と離れて暮らすことは大変でしょうが、体調を崩されないよう、お体ご自愛ください。

今までのように**たびたび**お会いできなくなることは、まことに残念ですが、これからのご活躍を願っています。

なお、⑵気持ちばかりではございますが、ささやかなお祝いの品を別便にて送りましたので、お受け取りくださいますようお願い申し上げます。

まずは書中にてお祝い申しあげます。

敬具

常用表現、句型

⑴ 其他說法：

・まったく違う環境での勤務でご苦労も多いでしょうが、どうかお体を大切になさってください。

・新任地でのご健康とご活躍をお祈り申し上げます。

・新任地でも思う存分にお力を発揮されることを期待しております。

⑵ 其他說法：

・心ばかりの品を別送しました。お気に召していただければうれしく思います。

單字

栄転	えいてん	榮升、升遷
職務	しょくむ	職務
新任地	しんにんち	新上任地點
たびたび		屢次

寄送中元禮和年終禮

【書寫重點】

⑴ 內容基本上要寫季節問候語、問候對方是否安好、向對方致謝、提及贈送中元禮或年終禮的事、結尾的話。

⑵ 中元禮和年終禮是對於平常給予自己照顧的人表示感謝心情的證明，若是直接從百貨公司寄送寫有「お中元」「お歳暮」的商品的話，一定要寄函告知。

⑶將信函和物品一起寄送的方法是最實際的。

【寄送年終禮的信】

謹啓　**ご無沙汰**をしているうちに、今年も**年の瀬**を迎えてしまいました。△△様にはご**壮健**のこととお慶び申し上げます。

⑴日頃は、一方ならぬご**厚誼**を賜りまして、心より厚くお礼申し上げます。

さて、⑵ささやかではございますが、心ばかりの品を別便にてご送付いたしました。お使い頂ければ幸甚に存じます。

例年にない寒さではございますが、皆様のご健康とご活躍をお祈り申し上げます。

敬具

常用表現、句型

⑴其他說法：

- お陰をもちまして、本年も無事に仕事を乗り切ることができました。
- 厳しい景気が続く中、ご指導とご厚情のお陰で、仕事を無事に乗り越えられたこと、心から厚く御礼申し上げます。

⑵其他說法：

- 誠に不躾ですが、現地より直接取り寄せました△△はとてもおいしかったので、少しばかりですが、本日お送りいたします。

單字

ご無沙汰	ごぶさた	久沒聯絡、久未通信
年の瀬	としのせ	年終、年關
壮健	そうけん	健壯、硬朗
厚誼	こうぎ	厚情、厚誼

慰問函

【書寫重點】

慰問的內容基本上要寫對事情的發生感到驚訝的話、事發之後體諒對方的話、體恤對方家人的話、祈求康復的話、結尾的話。

1. 難治之病的住院慰問

【給患者的場合】

【書寫重點】

⑴一得知對方住院即馬上寄出慰問卡。探病則在對方病情穩定、逐漸恢復之後再前往，此時最好先在慰問卡上告知。

⑵慰問卡應省略季節問候等等的前文，以直接表達驚訝和擔心為宜。

⑶書面慰問的內容要以祈望對方病情好轉，並給予正面鼓勵為主。

⑷避免敘述關於病情一知半解的知識，且不用「衰える」「寝つく」「長引く」這樣不吉利的語句。

前略　(1)このたびのご入院、突然のことでたいへん驚きました。幸いなことに、手術する必要もなく、このまま**養生**を続ければ退院も早いとのことを聞きまして、まずはひと安心しております。

(2)日頃から**過密**なお仕事の**スケジュール**で、疲労が重なられたのではないかと存じます。この機会にゆっくりなさってください。

また、奥様におかれましても、看病のお疲れが出ませんよう、お体にお気をつけください。

(3)さっそくお見舞いに伺うべきところですが、もう少し体調が落ち着かれた頃にいたします。

一日も早く回復され、元気なお姿を拝見できますことを願っております。

草々

常用表現、句型

(1)其他説法：

・このたび、突然のご入院で、大変驚きました。

(2)其他説法：

・仕事のことも気がかりでしょうが、まずは治療に専念することが大切です。仕事のことは私たちに任せ、ゆっくりと休養なさってください。

・すぐにお見舞いに参上しようと思いましたが、手術後のご回復を考え、とり急ぎ手紙でお見舞いを申し上げます。

單字

養生	ようじょう	養生、保養、養病
過密	かみつ	過度集中
スケジュール		行程表

【給患者家屬的場合】

【書寫重點】

對於家人患重病而處於不安狀態的對方，要給予溫暖、正面鼓勵的話。

前略　今回のご主人様のご入院(1)は突然のことで驚きました。(2)ご家族の皆様もご心配のことと心よりお察し申し上げます。

日進月歩の医学の世界です。必ず治ることと信じ、**前向き**に看護されますよう心より願っています。

(3)敬子さんのことですからきっと大丈夫だと思いますが、何かと**心労**が重なる折、どうぞご無理をなさいませんように。

すぐにでもお見舞いに伺うべきところですが、かえってご迷惑かと存じますので、書面にてお見舞い申し上げます。

草々

常用表現、句型

⑴其他說法：

・お父様｛お母様／ご主人様／奥様／お子様｝が緊急入院されたとのこと、大変驚きました。

⑵其他說法：

・ご家族皆様のご心痛とご心配はいかばかりかとお察し申し上げます。

・私の家族も同じような経験がありますので、ご家族の皆様のご心労もさぞかしと存じます。

單字

日進月歩	にっしんげっぽ	日新月異
前向き	まえむき	積極
心労	しんろう	操勞、操心

2. 交通意外的住院慰問

【書寫重點】

交通意外的慰問內容要以祈望當事人恢復健康為主，不觸及關於意外原因的話題。

前略 (1)このたびは、**不慮**の事故に遭われたと聞き、あまりにも突然のことに信じられない気持ちでいっぱいでした。

一刻も早くご様子をお聞きしたいと電話を差し上げた折には、幸い、けがは足だけで、治りも早そうと伺い、少し安心致しましたが、その後**経過**はいかがでしょうか。

(2)いろいろと気がかりなことも多いと思いますが、この際は**骨休め**のおつもりで治療に専念され、一日も早く完治されることをお祈り申し上げます。

近々お伺いしたいと思っていますが、まずは書中にてお見舞い申し上げます。

草々

常用表現、句型

(1) 其他說法：

・事故に遭われ、入院されたと伺った時は、本当に驚きました。

⑵其他說法：

・どうか治療に専念し、一日も早く回復されますよう、お祈り申し上げます。

單字

不慮	ふりょ	突如其來、意外
経過	けいか	（事情的）經過、過程
骨休め	ほねやすめ	休息
近々	ちかぢか	不久、過幾天

3. 災害慰問

【火災慰問】

書寫重點

⑴由衷地慰問及鼓勵，強調不幸中的大幸，用正面的態度給予對方勇往直前的力量。

⑵慰問函省略前文，直接表達驚訝和慰問，並且傳達想提供協助的心情。

⑶不問及災害的原因、內容是體諒對方的方式。像「全焼」「焼失」「倒壊」等等的詞句，就算是事實也不能使用。

前略　このたびはご自宅が**被災された**と伺い、たいへん驚いております。思いがけない災難に申し上げる言葉もございません。

ご家族皆様のご**落胆**とご心痛はいかばかりかとお察し申し上げます。ただ、[1]皆様がご無事だったのは、何よりのことと存じます。これからはいろいろと大変でしょうが、お気持ちを切り替えて、ご家族の力を合わせて、**復旧**にあたられますよう、心よりお祈り申し上げます。

[2]失礼とは存じましたが、とりあえずお見舞いを同封させていただきました。ほかにご**入用**の品などがあれば、遠慮なく何なりとお申し付けください。

ご無理をなさってお疲れが出ないようご自愛のほどお祈り申し上げます。近いうちに参りますが、まずはとり急ぎ書中にてお見舞い申し上げます。

かしこ

常用表現、句型

⑴其他説法：

・ご家族の皆様がご無事であったことはせめてもの救いと存じます。

⑵其他説法：

・もしお力になれることがあれば、遠慮なくいつでもお申しつけください。

・何かとご不自由ではないかと存じまして、失礼ながら気持ちばかりのお見舞いを同封致します。

單字

被災する	ひさいする	受災
落胆	らくたん	沮喪
復旧	ふっきゅう	恢復原狀、修復
入用	いりよう	需要、費用

【地震慰問】

書寫重點

內容以祈禱平安無事為主，至於回信及聯絡則應待對方狀況穩定之後再說。

前略　今朝の**臨時**ニュースにより、(1)そちらの大地震のひどい被害状況を知りまして、大変驚いております。お宅の事が心配です。今なお**余震**が続いているとのこと、そちらの皆様のお気持ちを思うと心が痛みます。これ以上大きな被害がないよう願っております。

いろいろと大変でしょうが、一**段落**されたらそちらの様子をお知らせください。

(2)**何分**にも離れているため、すぐさまお役に立つことができないかもしれませんが、何かお手伝いできることがあれば、どのようなことでもおっしゃってください。皆様のご無事をお祈りし、取り急ぎお見舞い申し上げます。

草々

常用表現、句型

(1)其他說法：

・不測のご災難に遭われましたこと、心よりお見舞い申し上げます。

(2) 其他說法：

- 後片付けなど力仕事がありましたら、ご遠慮なくお知らせください。
- 私にできることがあれば、なんなりとお申しつけください。

單字

臨時	りんじ	臨時
余震	よしん	餘震
一段落	いちだんらく	一個段落
何分	なにぶん	無奈

【風災與水災慰問】

書寫重點

若是至親好友的話，用「くやしい」「情けない」這種詞語來將自己無能為力的心情率直地表達出來比較好。

前略　(1)新聞やテレビで、お住まいの地方がひどい**水害**に遭われたことを知り、心配しています。強い台風で、お宅にも**被害**が及んだとのこと、なんとお見舞いを申し上げればよいか分かりません。ただ、ご家族の皆様が全員ご無事であったことが、**せめてもの救い**と存じます。

(2)ご不自由なことも多いと思いますが、気を強く持たれ、このたびのことを乗り越えられますよう、お祈り申し上げます。また、お体にもどうぞお気をつけください。

(3)遠方におりますため、失礼ながら、お見舞いを同封いたしますので、どうぞお納めください。もし、私に何かできることがありましたら、なんなりとお申しつけください。

取り急ぎお見舞い申し上げます。

草々

常用表現、句型

⑴其他說法：

・報道では詳しい状況が分からず、{とても心配です／気がかりでなりません}。

⑵其他說法：

・ご家族と力を合わせて、一日も早く元の生活を取り戻されるよう、お祈り申し上げます。

⑶其他說法：

・遠方でお手伝いもできず、焦りが募るばかりでございます。

・遠方にてお見舞いにも参上できず、心苦しく存じます。

單字

水害	すいがい	水災
被害	ひがい	受害、損害
せめても		總算、也算
救い	すくい	挽救、補償

謝函

書寫重點

謝函的內容基本上要寫季節問候、感謝對方幫忙的行爲、感謝對方的好意、述說自己的心境及日後的抱負、結尾的話。

1. 經人介紹工作的謝函

書寫重點

(1) 在就業的介紹、引薦或接待人等等方面上蒙受照顧的話，一定要寫謝函給對方。信中要提到如何受到對方照顧，以及感謝對方的好意協助。

(2) 若蒙受照顧但結果卻事與願違的話，仍要鄭重感謝對方的好意。

拝啓　桜のつぼみもふくらみ始め、日増しに春めいてまいりました。広田様にはますますご健勝のこととお喜び申し上げます。

さて、このたびは、(1)私の就職のためにお力添えくださり、まことにありがとうございました。おかげさまで、本日正式に採用通知をいただきました。(2)**氷河期の就職難**の折、採用通知を受け取ったときは、感激のあまりしばらくは声も出ないほどでした。面接では実体験に基づいたご**助**言がとても役に立ちました。それは広田様のご尽力とお心配りのおかげと思っております。心より深く感謝申し上げます。

このうえは、(3)ご厚情に報いますよう、誠心誠意仕事に**励ん**でいきたいと思います。どうぞ今後とも、ご指導ご鞭撻のほど、よろしくお願い申し上げます。

本来であれば、直接お礼に伺うべきところですが、まずは取り急ぎ書面にてお礼かたがたご報告申し上げます。

敬具

常用表現、句型

(1) 其他説法：

・突然の不躾なお願いにもかかわらず、△△株式会社をご紹介いただき、深くお礼を申し上げます。

(2) 其他說法：

・念願の△△の仕事に就くことができた喜びをかみしめています。

(3) 其他說法：

・入社後は、気を引き締め、一生懸命がんばります。

單字

氷河期	ひょうがき	冰河時期
就職難	しゅうしょくなん	難就業
助言	じょげん	建議、指點
励む	はげむ	勤勉、刻苦、努力

2. 經人介紹工作但事與願違時的謝函

書寫重點

對於受到對方的幫助卻無功而返表示歉意，並明確表達事情不順遂的原因並不在對方身上。

拝啓　このたびは、突然の**あつかましい**お願いにもかかわらず、藤田旅行会社への応募にご**配慮**くださり、ご厚意に心よりお礼を申し上げます。

[1]**せっかく**ご紹介いただきましたのに、私の力不足で今回は不採用の結果となりました。お忙しい中、ご尽力頂いたにも関わらず、ご恩に報いることができず、誠に申し訳ございません。

まずはご報告**かたがた**御礼をと思い筆を取りました。

今後も相変わらずご指導、ご助言のほど、よろしくお願い申し上げます。

敬具

常用表現、句型

⑴ 其他説法：

・お力をいただいたにもかかわらず、ご恩に報いることのできない結果となり、自分の力不足を痛感しております。

・残念ながら、不採用の結果となり、せっかくのご助力にお応えできませんでした。

・△△様のお力添えに応えられなかったこと、誠に申し訳ありません。

單字

厚かましい	あつかましい	厚臉皮
配慮	はいりょ	關懷、照顧
せっかく		特意、煞費苦心
かたがた		順便

3. 接受對方捐贈協助的謝函

書寫重點

於結束時向對方致謝並將義賣會或募款的金額等等作成報告。

拝啓　秋もめっきり深まってまいりましたが、お変わりなくお過ごしのことと存じます。

先日は、(1)本会が開催した**チャリティー**にご**献品**をいただきまして、まことにありがとうございました。お陰様で、チャリティーの売り上げは予想を**上回る**収益でした。これもひとえに、チャリティーの**趣旨**をご理解くださり、ご協力いただきました皆様のおかげと、深く御礼申し上げます。(2)収益の詳細は別紙の通りで、かねてご案内のように施設へ寄付させていただきます。

(3)今後とも会のイベントや活動等チャリティーへのご理解ご協力をお願い申し上げます。

敬具

常用表現、句型

⑴ 其他說法：

・｛バザー／チャリティー｝に際して、ご協力いただき、ありがとうございます。

⑵ 其他說法：

・｛バザー／チャリティー｝収益金の用途が正式に決定いたしましたら、お知らせいたします。

⑶ 其他說法：

・今後も何かとご協力をお願いすることがあるかと存じますが、その節には何卒よろしくお願い申し上げます。

單字

チャリティー		慈善（事業）
献品	けんぴん	提供的物品
上回る	うわまわる	超過、超出
趣旨	しゅし	宗旨、主要內容

4. 歸還物品時的謝函

書寫重點

要具體描述所借的物品是如何地有用，以及自己是如何地得到許多幫助這些事。

拝啓　寒さ厳しき折ではございますが、お変わりなくお過ごしのこととお喜び申し上げます。

さて、このたびは(1)急なお願いにもかかわらず、ご**所蔵**の貴重な資料を快くお貸しいただき、厚くお礼を申し上げます。資料を指針とし、どうにか**執筆する**自信が湧いてまいり、おかげさまで無事計画書を完成させることができました。(2)お借りした際に頂きましたご助言も大変ありがたく存じます。(3)**後日**、直接伺って資料をお返ししたいのですが、まずは取り急ぎ書面にて御礼申し上げます。

今後ともより一**層**のご指導を賜りますよう、よろしくお願い申し上げます。

敬具

常用表現、句型

⑴其他說法：

- ｛突然の／勝手な／厚かましい｝お願いにもかかわらず、｛大切な／高価な／ご秘蔵の｝△△を拝借させていただき、ありがたく思います。

⑵其他說法：

・長々とお借りしてしまい、申し訳ございませんでした。

⑶其他說法：

・本来ならば、直接伺って｛お返し／ご返却｝すべきところ、郵送させていただく失礼をどうかお許しください。

單字

所蔵	しょぞう	收藏品
執筆する	しっぴつする	執筆
後日	ごじつ	日後、事後
一層	いっそう	更加、越發

5. 收到禮之後的謝函

⑴一收到禮就要馬上回函。寫法是遵照格式從起頭語和季節問候語開始書寫。

⑵當對方是好朋友或是想要強調感謝心情的話，要省略季節問候語而用具體的表現傳達自己收到物品時的心情。

⑶若是生鮮食品或指定日期寄送的情況，當收到時要馬上打電話致謝，之後再寄謝函致意。

拝啓　連日**うだる**ような暑さが続いておりますが、お変わりなくおすこやかにお過ごしでしょうか。

さて、⑴先日はご**丁重**なお中元を頂戴いたしまして、ご**厚志**ありがたくお礼申し上げます。⑵いつもながらのご厚情、心からうれしく存じます。さわやかな**のど越し**に、暑さを忘れそうです。

この先も厳しい暑さが続くとのことでございますが、くれぐれもお体にはお気をつけください。

まずは取り急ぎ書中にて御礼まで。

敬具

常用表現、句型

⑴ 其他說法：

・このたびは、お心のこもった｛お中元／お歳暮｝の品をありがとうございます。

・格別のご配慮を賜り、お礼申し上げます。

⑵ 其他說法：

・いつもながらのお心遣い、感謝しております。

單字

うだる		熱得渾身發軟
丁重	ていちょう	誠懇、彬彬有禮
厚志	こうし	盛情、厚意
のど越し	のどごし	嚥下（時的感覺）

6. 病情恢復的謝函

書寫重點

⑴ 書寫內容以出院報告及感謝對方的擔心和掛慮爲主。

⑵ 對於給予慰問禮或慰問信的人，一出院即給予謝函，此時可用影印的信或明信片。

⑶ 因患者本人的年齡或狀態，謝函也可以由家人替代書寫。

⑷ 住院期間收到慰問信或被探病的場合不用謝函，但若收到慰問品的話，要通知對方並且致謝。

拝啓　若葉の頃となりました。皆様お変わりございませんか。

(1)このたびの私の入院中にはお忙しい中、ご丁寧にお見舞い下さり、本当にありがとうございました。

おかげをもちまして△月△日に退院いたしました。(2)今現在も**通院**治療中ですが、**全快**に向かっておりますのでご安心ください。

これからは、二度とこのようなことにならないよう健康には十分気をつけたいと思います。

お見舞い下さったお礼として、心ばかりの**内祝い**の品を別便にて送らせていただきましたので、お受け取りください。

まずは取り急ぎお礼まで。

敬具

常用表現、句型

(1) 其他説法：

・突然の△△で入院してしまい、皆様に大変なご迷惑をおかけし、心苦しく申し訳ない気持ちでいっぱいです。

・先日の入院でさっそくの励ましのお言葉とお見舞いをどうもありがとうございました。

(2) 其他説法：

・お陰さまで、体調は順調に回復しています。早く仕事に復帰できるよう、しっかり治療に専念しようと思っています。

單字

通院	つういん	經常或定期去醫院
全快	ぜんかい	痊癒
内祝い	うちいわい	家人（內部的）慶祝、贈送的禮品

7. 對於災害慰問的謝函

書寫重點

⑴待狀況穩定之後才寫。內容除了感謝對方的慰問之外，寫上近況報告及今後重建的願景。

⑵謝函一般是災害後大約一個月以內寄出，可用印刷的方式。災害慰問的情況不須回禮。

前略　今回の大地震に際し、心温まるお見舞いをお送りくださり、ありがとうございました。

(1)思いもよらない突然の出来事で、私ども家族にとって不安な日々が続きました。しかし、皆様から温かい**励まし**をいただき、気持も前向きになり、片づけ整理も一**息**ついたことで、次第に普段の生活を取り戻してまいりました。

かなりの被害は受けましたが、このたびのことで、家族の大切さを**痛感しました**。そして**窮地**の時の家族の絆と、友情の温かさも改めて感じました。

皆様からはたくさんのやさしさをいただき、心よりお礼申し上げます。家族一同気を取り直し、前に**向かい歩んで**行く決意を固めております。どうかご安心ください。

以上お礼かたがた近況まで。

草々

常用表現、句型

⑴其他說法：

・あまりにも突然の災害で、一時は途方にくれておりました。そのようなときにいろいろとご援助いただき、心から感謝しております。

・あまり突然の事態で茫然とするばかりでしたが、知らせを聞いて駆けつけてくださり、大変助かりました。どうもありがとうございました。

單字

励ます	はげます	鼓勵
一息	ひといき	喘口氣
痛感する	つうかんする	強烈感受到
窮地	きゅうち	困境、窘境
（～に）向かい歩む	むかいあゆむ	朝～方向走

通知、問候

書寫重點

通知、問候的內容基本上要寫季節問候、通知異動的內容、感謝對方的照顧、請求對方往後多加指教、結尾的話。

1. 結婚通知

書寫重點

通常會加上邀請對方來新居作客的語句，並正確傳達住址。

拜啓　若葉の美しい季節になりましたが、皆様にはいかがお過ごしでしょうか。

さて(1)このたび、私どもは、△月△日に結婚をいたしました。(2)まだまだ未熟な二人ですが、二人三脚で明るく温かい家庭を作っていきたいと思っております。今後とも一層のご教導を賜りますようお願い申し上げます。

なお、(3)左記の住所に新居を構えましたので、お知らせ申し上げます。お近くにお越しの際はお気軽にお立ち寄りください。

まずは書中にてごあいさつ申し上げます。

敬具

平成△△年△月吉日

住所　〒△△△－△△△△

△△市△△町1－2－3

佐藤　正男

真理

(旧姓　山口)

常用表現、句型

(1) 其他說法：

・私たちは、このたび△△様ご夫妻のご媒酌により△月△日に結婚いたしましたので、お知らせいたします。

(2) 其他說法：

・未熟者同士ですので、皆様にご指導いただきながら、笑いの絶えない温かい家庭を作っていきたいと思います。

⑶ 其他説法：

・皆様の温かいご声援のお陰で、左記の新居で新生活を始めました。ぜひお気軽にお立ち寄りください。

單字

未熟	みじゅく	不熟練、未成熟
二人三脚	ににんさんきゃく	同心協力
構える	かまえる	修築、成立
越す	こす	經過、來

2. 搬家通知

書寫重點

⑴ 搬家通知一般以搬家後一個月內寄出爲原則。搬家的時候先向郵局提出申請的話，一年內收到的信件會轉寄到新住址。

⑵ 搬家通知一般使用印刷的方式即可。現今多用賀年卡通知。此時，除了傳達今後多多指教的心意之外，最好加上歡迎對方來新居作客的邀請。

【一般通知的場合】

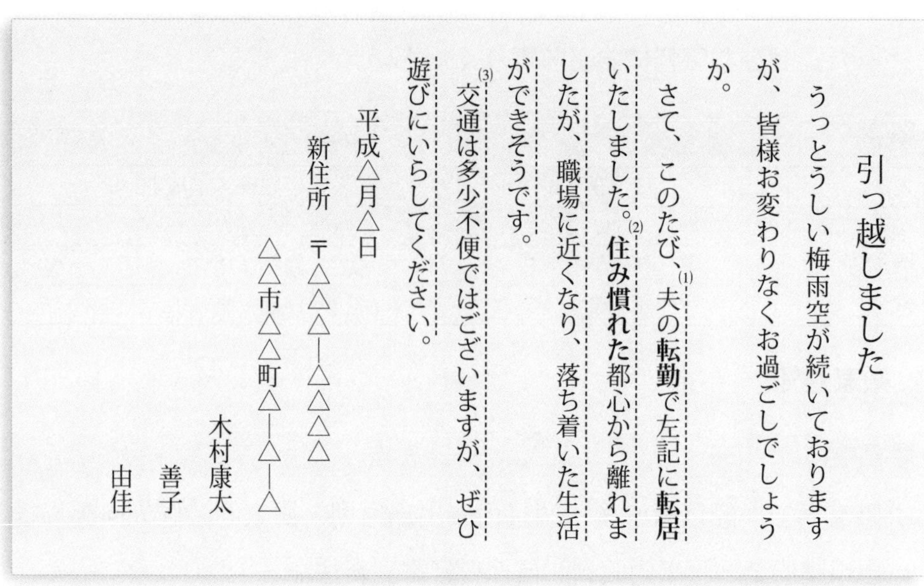

引っ越しました

うっとうしい梅雨空が続いておりますが、皆様お変わりなくお過ごしでしょうか。

さて、このたび、(1)夫の**転勤**で左記に**転居**いたしました。(2)**住み慣れた**都心から離れましたが、職場に近くなり、落ち着いた生活ができそうです。

(3)交通は多少不便ではございますが、ぜひ遊びにいらしてください。

平成△月△日

新住所　〒△△△—△△△△

△△市△△町△—△—△

木村康太

善子

由佳

常用表現、句型

(1)其他説法：

- 長年住み慣れた△△（地名）を離れますが、通勤時間も短くなりますので、左記の住所に転居いたしました。ご通知申し上げます。
- 家族が増えたことを機に下記の住所に転居することになりましたので、お知らせ致します。

(2)其他説法：

- 通勤面では多少不便になりましたが、緑に多く恵まれ、毎日周囲の自然を満喫しております。

(3)其他説法：

- お近くへお越しの節は、ぜひお立ち寄りください。

單字

転勤	てんきん	調動工作、調換工作地點
転居	てんきょ	搬家、遷居
住み慣れる	すみなれる	住慣

【用賀年卡通知的場合】

明けましておめでとうございます(1)

旧年中は**格別**のご**愛顧**を賜り、厚く御礼申し上げます。

本年もどうかお引き立てのほどよろしくお願い申し上げます。

平成△△年元旦

なお、昨年十二月十日に左記に引っ越しました。(2)

お近くにおいでの際は、ぜひお**立ち寄り**ください。

丸山一郎

敏子

明子（5才）

圭吾（2才）

新住所　〒△△△－△△△△

△△市△△町△－△－△

電話　△△△－△△△－△△△△

常用表現、句型

⑴其他說法：

- 謹んで{新春／新年／年頭}のご挨拶を申し上げます

⑵其他說法：

- 昨年の暮れ、よんどころない事情で下記の住所に引っ越しました。お近くにお越しの節は、ぜひお立ち寄りください。
- 昨年中に、会社の転勤が決まり、左記の住所に引っ越しました。近くまでお越しの際はぜひ声をかけてください。
- 昨年の年末、一身上の都合により、△△に転居いたすことになりました。お近くにお越しの節は、お気軽にお立ち寄りください。

單字

格別	かくべつ	特別、例外
愛顧	あいこ	惠顧、光顧
立ち寄る	たちよる	靠近、順便

拒絕請求函

書寫重點

拒絕請求的內容基本上要寫季節問候、表明拒絕的立場、受請託之後如何幫忙的經過、拒絕的理由、自己能幫忙對方的事、祈求對方有好結果的話、結尾的話。

1. 拒絕介紹工作請求的場合

書寫重點

⑴如果有結論就盡早回信。若一直拖延的話，會導致對方難以進行新的求職活動。

⑵用封口信封回信，避免用傳眞或明信片。

拝復　お手紙を拝見致しました。皆様にはお変わりなくお元気でお過ごしのご様子、お喜び申し上げます。

さて、⑴さっそくですが、先日ご依頼の就職の件につきまして、ご期待に添えない旨お返事をしなくてはなりません。申し訳ありません。

お話を受け、私なりに手を尽くして**打診して**みましたが、当社では個人的な紹介は受け付けず、すべて試験によって公正に**選考する**ことを原則としているそうです。⑵申し訳ありませんが、**お申し越し**の件につきましては、私ではお力になれそうもありません。

なお、入社試験に関してのことでしたら、可能な限りご相談に乗らせていただきます。

今後の就職活動が**実り多き**ものになるよう、陰ながら応援させていただきます。

敬具

常用表現、句型

⑴其他說法：

- ご依頼の件、残念なお返事を申し述べなければなりません。
- 先般のお申し出の件につきまして、残念なお返事を差し上げなくてはなりません。

⑵ 其他說法：

・できれば、お力になって差し上げたいのですが、申し訳ありません。

單字

打診する	だしんする	試探
選考する	せんこうする	選拔
お申し越し	おもうしこし	您提出的要求
実り多き	みのりおおき	能多結果（意指成果豐富）

2. 拒絕介紹請託的場合

書寫重點

⑴ 書面是以理由和事情說明爲中心，要先將結論清楚地寫出。一旦決定拒絕，就不要再寫將來還有機會這樣的話。

⑵ 不以請託者和要件爲拒絕理由，以和對方的交情未達到可做介紹的程度來拒絕較爲妥當。

⑶ 若請求者知道自己和對方的交情不錯的情況，就告知請託者有難以接受請託的苦衷。

拝復　冬も深まってまいりましたが、お元気でご活躍のことと存じます。

さて、お手紙**拝読**いたしました。ご依頼の件につきお返事申し上げます。

おっしゃるとおり、△△氏と私は親戚でございますが、実は(1)ご紹介できるほどの近い関係ではございません。△△氏は大学卒業後、十年ほど日本で仕事をしていましたが、現在は国に帰り日本との貿易を行う会社を設立し、活躍しているようです。私も仕事の面で△△氏とはまったく**接点**はございません。

そのような次第で、私は間に入って、△△氏をご紹介できるような関係ではございません。(2)お力になることができず、大変申し訳ないのですが、どうかご了承ください。

寒さもますます厳しくなってまいりますので、くれぐれもご健康に留意され、ご活躍されますようお祈り申し上げます。

まずはとり急ぎ書中にてお返事まで。

敬具

常用表現、句型

(1)其他說法：

- ～ことがネックとなり、ご期待に添えませんでした。

(2)其他說法：

- お役に立ちたい気持ちはやまやまですが、このような結果になってしまったこと、どうかご容赦ください。
- お役に立てず誠に心苦しいのですが、どうかご了承ください。

單字

拝読	はいどく	拜讀
接点	せってん	接點、切點

賀年卡和季節問候函

書寫重點

內容基本上要寫賀詞或季節問候語、近況報告等、祈求對方健康等結尾的話。

1. 以家人聯名的場合

書寫重點

⑴以恭喜對方迎接新年、自己受到對方照顧的感謝、期望往後繼續往來的心意爲中心來書寫。

⑵賀年卡的賀詞要注意時間、場所、場合這三個部分。選擇賀詞時要注意和對方是工作上還是私交上的關係，以及收件者的年齡層等等這些事。

⑶只有印刷的賀年卡，會使人感到乏味和無聊，要養成即使句子短也要親筆寫訊息給對方的習慣。

明けましておめでとうございます

(1)皆様におかれましては、お**健やか**に新春をお迎えのことと存じます。

(2)旧年中は格別のご**厚誼**とお**引き立て**を賜り、誠にありがとうございました。

(3)本年も何かとお世話になることと存じますが、どうかよろしくお願い申し上げます。

平成△△年　元旦

〒△△△－△△△△

△△市△△町1－2－3

電話　△△△－△△△－△△△△

西山　克夫

常用表現、句型

(1)其他説法：

・謹んで新春のお祝いを申し上げます。

(2)其他説法：

・旧年中は公私ともにご指導ご鞭撻をいただき、心から感謝申し上げます。

(3)其他説法：

・本年が輝かしい一年でありますようお祈り申し上げます。

單字

健やか	すこやか	健康、健壯
厚誼	こうぎ	厚情、厚誼
引き立て	ひきたて	援助

2. 服喪期間賀年卡寄來的場合

書寫重點

⑴服喪期間收到對方賀年卡時，在一月八日以後回函，此時是用「年始状」、「寒中見舞い」的方式來書寫。不用賀年的方式書寫是因爲「賀」這個字含有恭喜意思在的緣故。

⑵對自己遺漏通知一事向對方道歉。

寒中お見舞い申し上げます

ご丁寧なお**年始状**をいただき、ありがとうございました。実は、(1)昨年△月に祖父が**急逝**いたしましたため、**年頭**のごあいさつを遠慮させていただいておりました。**欠礼**のお知らせも申し上げず大変失礼いたしました。

この冬の寒さは格別とのことでございます。お体にはくれぐれもお気をつけくださいますよう、心よりお祈り申し上げます。

常用表現、句型

⑴其他説法：

- △△の喪中のため年末年始のご挨拶は欠礼させていただきました。
- △△の急逝につき、新年のお祝詞はご遠慮させていただきました。

單字

年始状	ねんしじょう	賀年信、賀年卡（用在喪事的場合）
急逝	きゅうせい	突然逝世
年頭	ねんとう	年初、歲首
欠礼	けつれい	失禮

3. 不知道對方服喪而寄出賀年卡的場合

書寫重點

⑴收到「年始状」的謝函時，在回函上要表達體諒對方的心情和向對方道歉的心意。

⑵一般不用送奠儀或祭品，若是交情很好的朋友，送上鮮花等等也無妨。

(1)ご不幸も存じませず、新年のご挨拶を差し申し上げまして、誠にご**無礼**いたしました。

お父様のご**訃報**に接しまして、そんなことも知らず、海外出張のため、例年よりお年始状を早めに出してしまいました。このたびのご不幸で、ご家族皆様の悲しみは**如何ばかり**かとお察し申し上げます。どうぞお気持ちを強く持ってください。

本格的な寒さを迎える折、お風邪など召されませぬようお気を付けください。

まずは取り急ぎお詫び申し上げます。

常用表現、句型

⑴其他說法：

- ご不幸のことは初めて聞き、大変驚いております。
- ご不幸も存じませんで、誠にご無礼いたしました。
- △△のご逝去の由、何も存じませんで、本当に失礼いたしました。

單字

無礼	ぶれい	沒禮貌
訃報	ふほう	訃聞
如何ばかり	いかばかり	如何、怎麼樣
本格的	ほんかくてき	正式的

4. 嚴寒問候

書寫重點

嚴寒問候的內容基本上要寫嚴寒問候語、季節問候語、向寄賀卡的對方致謝或道歉、晚寄或沒寄賀卡的理由、結尾的話。

【錯過寄賀年卡時機的嚴寒問候】

書寫重點

⑴自己錯過寄賀年卡時機卻收到對方賀卡時，若是在一月四號以後寄回函的話，就用「寒中見舞い」的方式寄出。

⑵服喪中卻收到賀年卡的情況，不用馬上回信，而是以道謝及表達未寄服喪通知的歉意爲主。此時，用「寒中見舞い」的方式寄出，過了立春就用「余寒見舞い」的方式寄出。

寒中お見舞い申し上げます

(1) 今年は例年になく厳しい寒さですが、いかがお過ごしでしょうか。

さて、その節はご丁寧にお年賀状をいただき、誠にありがとうございました。

こちらは、年末に父が一時**危篤状態**になり、緊急入院しておりまして、皆様には**心ならずも**年頭のごあいさつが遅れてしまい、まことに申し訳ございませんでした。今は**やっと**退院致しまして、病状も安定しております。

(2) 本年も変わらぬご厚誼のほどお願い申し上げます。

常用表現、句型

⑴其他說法：

・△△様にはお変わりなくお過ごしとのこと、なによりと存じます。

・先週から寒さが一段と厳しくなってきましたが、お元気でいらっしゃいますか。

・今年はいつになく寒さが厳しいようですが、お変わりなくお元気でお過ごしでしょうか。

⑵其他說法：

・これからますます寒くなりますので、くれぐれもお体を大切になさってください。

單字

危篤狀態	きとくじょうたい	病危狀態
心ならずも	こころならずも	不得不、不由得
やっと		終於、好不容易

5. 暑期問候

書寫重點

⑴暑期問候的內容基本上要寫暑期問候語、季節問候語、自己的近況報告、尋問對方的近況、結尾的話。

⑵「暑中見舞い」「残暑見舞い」基本上是好朋友之間的聯絡方式。「暑中見舞い」是在梅雨季節結束，迎接夏天的七月中旬或立秋時寄出；而「残暑見舞い」是在立秋之後寄出。

暑中お見舞い申し上げます

(1)日々炎暑がつづいておりますが、皆様お変わりなくお過ごしでしょうか。

時間が経つのは早いもので、留学で台湾にきてからもう1年になりました。初めての外国ですので、最初は**戸惑う**ことも多かったのですが、幸いなことに、学校の**部活**や留学生活動を通じて新しい友人もでき、新しい環境にもようやく慣れたところです。

こちらの夏は**じめじめ**しているので、日本より蒸し暑く感じるようです。からっとして快適だった仙台の夏を、いま懐かしく思い出しています。

こちらにご旅行の際は、ぜひご連絡ください。またお会いできる日を楽しみにしております。

ご家族の皆様が**夏バテ**されることなく、元気に夏を過ごされますようお祈り申し上げます。

常用表現、句型

(1)其他說法：

- ずいぶんと暑さが厳しくなっておりますが、ご家族の皆様はいかがお過ごしでしょうか。
- 梅雨明けとともに炎暑の夏がやってきましたが、お変わりなくお元気でお過ごしでしょうか。

・猛暑の日が続いておりますが、お元気そうでなによりです。こちらもなんとか元気に暮らしております。

單字

戸惑う	とまどう	慌張失措、迷失方向
部活	ぶかつ	（學校）社團
じめじめ		潮溼
夏バテ	なつばて	因夏天酷熱所引發的疲勞或體力減弱等症狀

履歴表

如何寫履歷表是剛出社會的新鮮人或另謀他就的人常煩惱的事，不過一般爲了方便多半是買市售的固定格式紙來書寫。以下分「履歷表製作前的注意要點」「履歷表製作時的注意要點」「履歷表製作後的注意要點」這三個要項來做敘述。

1. 履歷表製作前的注意要點

⑴勿用影本、修正液、原子筆：用影本、修正液的話，會讓人有失禮不愼重的負面印象，因此一般不用影本及修正液。另外，用原子筆來寫的話，有時會因墨水的出水狀況不佳而使字的濃淡不均，以致給予人隨便拿筆來寫的印象。最好用同一支鋼筆來寫，並在面試時隨身攜帶。

⑵愼重地用手書寫：用手寫也是表現誠意的方式之一。文筆不佳的人愼重地用手書寫內容的話，比起枯燥無味的寫法，更能使對方感受到誠意。

⑶注意表記方式：若格式有指定姓名、住址等的注音方式的話就照其格式。還有，應徵的是日商公司的話最好用日本年號來表記。另

外，書寫相同內容時要一個一個寫上，絕對不使用「〃」的記號。

(4) **及早做書寫的準備**：在求職的時候，名字、住址、學歷、工作經驗等等項目是固定要寫的內容。爲了提升效率和節省時間，可預先寫好幾份備用。還有，將日期、希望待遇、工作時數等等的欄位空下來，之後就依工作的性質內容來塡寫即可。

(5) **蓋印章**：寫履歷表之前，先蓋好履歷表中需要蓋印的地方，以防在最後一個蓋印章的環節出差錯又必須再重寫。還有，蓋印章的時候要注意對準格線，並要等到完全乾透。另外，會流手汗的人在寫姓名、住址的時候，最好放衛生紙將蓋印的部分蓋住以防汗水弄髒。

2. 履歷表製作時的注意要點

(1) **學歷、職歷欄**：學歷及職歷不作假，就算有留級或換工作等影響結果的不利因素也要據實以報。大學、專科和技術學院畢業的人大多都從高中開始寫；而高中畢業的人就以畢業的國小、畢業的國中、入學的高中、畢業的高中這樣的順序來寫。不過，不管學歷到哪個階段盡可能在學歷欄內從國小開始記錄。還有，在義務教育範圍外時，必須註記入學和畢業的年度；在義務教育範圍內時，最好在各個校名的前方寫上公私立。另外，職歷欄上要寫公司名及所屬部門。

(2) **資格欄**：不限於已取到的資格才能寫。即使沒有取得資格，但有正在學習這樣的事實也可寫。還有，在找工作的同時也去應考資格的話，可自己預算分數。最後無論是否成功取得資格，仍可以寫上去。因爲這可以表現出己方訂定目標和學習的積極態度而使對方留下好印象。另外，資格名稱要具體完整地寫出。

⑶ **興趣、專長欄**：興趣、專長欄是將自己在日常生活中的另一面表達出來的欄位。在面試的時候，興趣及運動等等的話題可以緩和氣氛。不過，興趣、專長的內容最好具體描述，過於簡單的話會給人潦草隨便的印象。

⑷ **希望、動機欄**：瞭解應徵公司的情報及調查公司的各個面向，就能寫好希望、動機欄。至於希望得到的待遇最好不要寫。至於上班時間就寫「依公司規定（御社の規定に従います／貴社就業規則に従います）」。

⑸ **工作經驗欄**：如果是學生的話就寫「無」，若打過的工對應徵有利的話，也可以寫上。對於換工作的人應另外用職務經驗書的方式來將目前爲止所做的業務內容及專長領域等等寫上。因爲此時工作經驗較學歷更爲人所重視。

⑹ **撫養家屬欄**：單身的人撫養家屬就寫「０」人，在配偶欄上寫「無」。沒有結婚卻有妻子和小孩這樣的特殊情況，在撫養家屬人數上，可以將配偶以外的人數記上。另外，對配偶的扶養義務在法律上無硬性規定，此時依個人狀況做判定。

3. 履歷表製作後的注意要點

⑴ 不使用快照的照片，原則上要穿套裝拍攝。在照片的背面寫上姓名、住址，以防遺失而無法找回。

⑵ 寫完履歷表後要放進信封時，要將貼有照片的那一面放在正面，讓人一打開信封就能馬上知道是履歷表。另外，最好再附上一張問候信，使人留下好印象。

⑶ 如果是親自送履歷表的時候，不要折疊，直接放入大的信封內。

履歴表的一般格式

履歴書　　　　　　　　　　　年　月　日

フリガナ		※男・女	写　真
氏名			
生年月日 年　月　日生（満　歳）			
フリガナ			電話 （　）　-
現住所 〒 -			FAX （　）　-
E-mail：	携帯電話番号		

年(西暦)	月	学歴・職歴（各別にまとめて書く）
		学　歴
		職　歴

年(西暦)	月	免　許・資　格

得意な領域	健康状態
スポーツ・文化活動	趣味・特技
配偶者	配偶者の扶養義務
扶養家族（配偶者を除く） 子　人	

参考例

履歴書　　2011年7月10日

フリガナ　オウ　キン　ギ	※男・女	写　真
氏名 王 欣 儀		
生年月日 1989年　2　月　16日生（満22歳）		

フリガナ　タイワン　タイペイシ　チュウザンホクロ　ニダン　キュウゴウ		電話 （02）2345-6789 -
現住所 〒104- 台湾　台北市　中山北路　2段　9号		FAX （　） -
E-mail：kingi@hotmail.com	携帯電話番号 (0922)413—750	

年(西暦)	月	学歴・職歴（各別にまとめて書く）
		学　歴
2001	6	台北市立△△小学校　卒業
2004	6	台北市立△△中学校　卒業
2004	9	台北市立△△女子高等学校　入学
2007	6	台北市立△△女子高等学校　卒業
2007	9	国立△△大学日本語学科　入学
2011	6	国立△△大学日本語学科　卒業
		職　歴
2010	6	コンビニエンスストアでアルバイト（2010年6月より現在まで）
		以上

年(西暦)	月	免　許・資　格
2007	1	自動二輪運転免許　取得
2008	12	日本語能力試験三級　合格
2009	2	普通自動車運転免許　取得
2009	12	日本語能力試験二級　合格

得意な領域 日本語学（教育関係・教授法）； 国際貿易（マーケティング関係）	健康状態 良好
スポーツ・文化活動 ジョギング・バドミントン	趣味・特技 ドラマ・映画鑑賞・ハイキング
配偶者 無	配偶者の扶養義務 無
扶養家族（配偶者を除く） 子 0 人	

自傳

自傳的重要性和履歷表是一樣的，懂得自我推銷的人就能在求職或換工作時找到自己期望的工作。自傳基本上是補充履歷表等正式書類的不足，它沒有特定的格式，一般多以書信的方式來書寫。以下是自傳的書寫要點。

⑴自傳大致上可分為兩大部分，一是自身的興趣、專長、學歷和經歷這一部分；一是家庭背景和成長歷程等等這一部分。初出社會的應徵者往往在家庭背景和成長歷程上著墨太多，以至於面試官失去耐性而影響判斷。此時對於久遠的事應輕描淡寫，而在較近期的事情上詳加敘述。另外，要直率地描述動機及願望，若有工作經驗的話，要具體書寫並強調自己對工作的熱忱和積極的態度。

⑵公司可以從自傳的內容得知應徵者的個性、專長、工作態度等等，因此自傳的內容應避免主觀，要用客觀的寫法。

⑶在闡述自己對未來理想的時候，要避免好高騖遠或不切實際的敘述。

⑷若有提升對方印象的事蹟最好提示如成績單、獎狀等具體證明。

⑸將曾在運動項目、社團活動或戶外活動中努力的事蹟做自我宣傳推銷的話，可在運動家的精神、上下應對關係、對事物的積極態度這些方面上得到正面評價。

⑹要控制字數，內容不要過於冗長以免讓面試官失去耐性。內容一般控制在A4一張範圍內。

参考例

自己紹介書

私自身のことについて、家族、大学生活と留学生活に分けてお話ししたいと思います。

まず、家族についてです。私の家族は、父、母、弟で、両親は公務員、弟は高校生です。生まれ育ちは台北市です。公務員の両親のおかげで、これまで経済的に安定した生活を送ることができました。小さい頃から日本のことが好きで、大学の専攻に日本語を選びました。

次に私の大学生活と留学生活についてです。

大学時代の四年間は、日本語を専攻し、学業とともにソフトボールチームにも所属する楽しい日々でした。部活では、年一回行われる大学対抗試合でよい成績をおさめることができました。試合のたびに[1]、力を**出し切って**戦い、試合後の達成感は何よりの喜びでした。私の大学生活は一言で言えば、ソフトボールに始まり、ソフトボールに終ったとも言えます。勉強の面においては、あまり熱心ではありませんでした。卒業直前になり、「もっと勉強すればよかった」と思いましたが、この後悔の念は、日本に留学し、日本人の勤勉な**気質**と周りの留学生の高い学習意欲とを**目の当たり**にした後、さらに強くなりました。こうした環境に入り、自分もしだいに頑張ろうと思う気持ちになれました。大学時代の勉強不足を取り返すために、人の数倍勉強するのは大変でしたが、それだけに留学によって大きな満足と達成感が得られました。性格においても、もともとはただの**負けず嫌い**に過ぎなかったものが、困難にあっても**粘り**強く挑戦を続けるだけの根性を持つことができるようになりました。

仕事や人生の経験はまだまだ不足していますが、部活と留学経験で**培った根性**で、貴社に少しでも貢献できるよう、常に**ステップアップ**を**心がけ**、日本との貿易の**架け橋**作りに力を注ぎたい[2]と思っています。

常用表現、句型

⑴「～のたび（に）」：每次……

・彼は転勤のたびに、引越しをする。

・トラブルのたび、いつもお世話になっている。

⑵「～に力を注ぐ」：致力於……

・その会社は新商品の開発に力を注いでいる。

・国際交流に力を注いでいる。

單字

出し切る	だしきる	全部拿出
気質	きしつ	氣質、稟性
目の当たり	まのあたり	眼前
負けず嫌い	まけずぎらい	好強、不服輸
粘り	ねばり	堅韌、頑強
培う	つちかう	培植、培育
根性	こんじょう	毅力、秉性
ステップアップ		進步、向上
心がけ	こころがけ	留意、留心
架け橋	かけはし	吊橋、橋樑

Chapter

2

商業文書

商業文書的種類

文書大致上可分爲公用文書和私用文書。公用文書一般是指國家或是地方的公共團體等機構，或是公務員爲了工作所需而製作的文件。私用文書則是指公用文書以外的文件。

這種公用文書和私用文書的分類方法，也常被使用在企業上。在公司企業的立場上，公用文書是指爲了表明公司的意思、態度經過一定程序所製作而成的文書。另一方面，私用文書則是沒有經過那樣的程序所製成的文書。

依據企業、行號的立場來看，公用文書大致上可分爲公司內部文書和公司外部文書兩種。

公司內部文書的種類

公司內部文書是指爲了傳達公司內部情報或是爲了讓日常業務可以更順利地營運而做的文書。以下是公司內部文書種類的簡單介紹。

1. 指示、命令類文書

將公司決定的事項通知下屬的文書。如通知書（通知書）、指示書（指示書）、企劃書（企画書）等。

2. 報告、呈報、申請類文書

下屬向上司或公司所提出的文書。如報告書（報告書）、請示書（稟議書）、假條（届出書）等。

3. 聯絡、協調類文書

公司營運或業務執行時，部門或幹部之間所傳遞的文書。如通知函（通知状）、詢問函（照会状）、回覆書（回答書）、委託函（依頼状）、傳閱書（回覧書）等。

4. 紀錄、保存類文書

將會議內容、決定事項等記錄保存的文書。如開會討論紀錄（議事録）、統計資料（統計書類）等。

很多公司根據以上所述的內部指示、命令文書訂定公司內部規則，例如就業規則、文書規則等。

公司外部文書的種類

公司外部文書是指對於公司外部的人所提出的文書，它沒有像公司內部文書一樣有固定的形式，大致上可分成以下所述的「業務文書」和「社交文書」兩大類。

1. 業務文書

業務交易的文書，如詢問函（照会状）、回覆書（回答書）、通知書（通知書）、契約書（契約書）等。

2. 社交文書

社交禮儀的文書，如問候函（挨拶状）、介紹函（紹介状）、祝賀函（祝賀状）、訃文（弔事の文書）等。

另外，「臨機應變」在公司外部文書上是很重要的，因此沒有限定使用的形式。

商業文書的重要性

現今由於電腦和傳真機以及網路等等的普及而開啓了資訊戰略化的社會。在商業社會中所使用的數據資料以及文書都是由人製作而成的，因此必須具備文章能力及動員他人的文章技巧等條件。

1. 商業文書是企業的中樞

商業文書是企業的中樞，曾經有因爲不具備文書管理制度而倒閉的公司。以下的例子就是最好的見證。

甲公司是一個只追求利潤卻沒有在事物管理上放太多心力的公司。此公司在沒有看見之前契約書的情況下，根據顧客乙公司提出的契約書做一部分的更改及進行開會討論。在簽約的時候，甲公司只看見乙公司提出來的那個部分，認爲其他的部分就跟以往的一樣，於是就在新的契約書上面蓋下了公司的印章。然而乙公司所帶來的契約書除了提出的部分之外，也在關於支付款項的地方加上了重大的變更。關於這一點，常常替換負責人員的甲公司卻沒有發現到。在契約更改之後，乙公司有一天突然要求支付款項。甲公司最後在沒有辦法支付給乙公司款項的情況下而倒閉了。

像這樣的例子實際上並不少。日本人雖重視在口頭上的約定，但在商業上還是以契約書爲主。

從這個例子來看，雖然文書事務或者是文書管理是很單純無聊的工作，但它卻是企業的中樞。

還有，即使是公司員工一個人所寫的文書，受到總經理、董事長的裁決，蓋上了董事長或是公司名字的話，就是一份表明了公司立場的文書。這個所代表的是責任。換句話說，商業文書和公司的命運是密不可分的。

2. 文書是背負責任所寫出來的

商業文書是經由收取→發佈開始、提案→裁決→重新謄寫→發送→整理→保存→廢棄等程序處理完成的。在這之間經過很多人來進行事務的處理。千萬不可以有「反正一定有誰會很仔細地看過，到時再補其不足的地方吧！」這樣天真的想法。全部一連串事務處理的負責人，每個人都必須要確實地負起自己的責任。

還有，每一件文書都必須很小心的收取。在整理和保存的時候，要小心不要毀損或是弄散。

有時會因爲負責的人休假而不知道文書放在哪裡而煩惱，所以商業文書必須放在容易找到的地方。

總而言之，商業文書的正確性和可以迅速處理等等這些優點，對於企業來說是非常重要的一環。

商業文書的基本原則及注意要項

大部分的商業文書，所寫的目的和內容都是具體的東西或是相關的物品。爲了不要寫上太多不必要的東西，基本的書寫原則是「5W1H」。但是也有人覺得這樣還是不夠而提倡「5W3H」。以下是針對「5W3H」的說明。

(1) When：什麼時候〈日期、時間〉。這是文書生效的時間。

(2) Where：什麼地方〈地點〉。明記表示居住地和建築物名稱或者是幾樓幾號。如果可以寫上簡略地圖、交通資訊、是否有停車場的話會更好。

(3) Who：什麼人〈主體〉。如果有利害關係的情況下，寫明責任歸屬

是必要的。

⑷ Why：爲什麼〈原因、目的、理由〉。爲了要給對方結論，要將根據的理由等傳達地很明白。

⑸ What：什麼東西〈樣態、內容、主題〉。是文書的主旨，要排除模稜兩可的言詞。

⑹ How：如何〈手段、方法〉。是指狀況的說明和今後的發展。具體地說明過去、現在、未來的行動和處理方針。

⑺ How much：多少〈經費、預算、價格〉。是表示金額、經濟活動的數字或是資料的數據。

⑻ How many：多少〈數量〉。指商品的訂購量、需要量等。

除了「5W1H」「5W3H」之外，另外也有「6W1H」的說法。第六個W是指Whom〈對誰〉。

另外，書寫商業文書時必須要注意以下幾點。

1. 站在寄件者、收件者的立場來寫

商業文書是表明公司的立場和公司的意思。如果是簽有董事長名字的文書就代表董事長他所提出的草案是重要的。而且，文書是必須要讓對方可以理解看懂。不管是祝賀、弔唁的哪一種，都必須看場合來書寫。除此之外，也必須要考慮到收件者的立場。

2. 文章內容要易懂

商業文書最基本的就是要容易看得懂。如何寫出易懂的文章，其重點如下：

⑴ 內容不可以有誤，要正確地記載。

⑵ 要重點式書寫，不要過於迂迴。

⑶以「5W1H」爲思考基礎，使用容易懂的文體、用語。

3. 文章排列要簡潔明瞭

因爲日語的主語跟述語離很遠，所以不讀到最後的話就不知道是什麼意思。因此，寫文章時盡可能簡短書寫。

4. 注意敬語的使用

公司內部文書通常是不使用敬語的，而公司外部文書則必須使用敬語。要注意的是：太多的敬語或是過度降低自己的地位，也會有引起對方不愉快的可能性。

5. 寫完之後要重新再閱讀

文書在寫完之後，必須要再次地閱讀過。第一次要確認數字和專有名詞以及資料是否記錄錯誤，第二次則純粹是閱讀，用以確認文體是否有誤，確認整體的流暢度等等。

商業文書的格式和重點

1. 商業文書一般是用橫寫

商業文書一般是用橫寫，問候函等等禮儀上的文書常用直寫。

2. 一個文書一個主題

一個文書通常是以一個主題爲原則，書寫兩件事情以上則會導致混淆。

3. 文體的統一及書寫漢字、假名時的原則

商業文書的文體，用「だ・である」來書寫的話，會比較簡潔易懂。公司內部文書一般用「だ・である」體；公司外部文書一般用敬語。另外，要避免「だ・である」體和「です・ます」體的混用。

原則上以漢字書寫，盡量避免專有名詞。若一定要用學術用語、專有名詞的話，則需要標上假名。讀音以常用漢字的音讀或訓讀爲主，而外來語和外國的固有名詞則以片假名來標記。

還有，要避免使用外來語和專業用語。若必須使用的話，要標「注」來做說明。

4. 阿拉伯數字

橫寫的文書中，通常會用阿拉伯數字。除了年號和電話號碼以外，每三個數字要用「，」來區分。超過億和萬的數字，則用漢字來表示會比較清楚。數字和單位要在同一行。

5. 利用符號來整理

符號的標示方式，首先用1、2、3，如需細分的話，則用⑴、⑵、⑶，再往下細分的話，則是ア→（ア）→A→（a）的順序。另外，①、②、③是用在條列式時。

公司內部文書與公司外部文書

公司內部文書是在公司內部來往的文書。出差報告書、會議紀錄、從本店營業部長發給各分店長的文書等都包含在內。

公司外部文書是企業等向外部發出的文書，表明企業的意思。問候函、詢問函、通知書等等皆是。

1. 公司內部文書的特徵

公司內部文書的特徵如下：

⑴標題的寫法：原則上，「△△について」的標題之後，在括弧內將詢問、通知、請求等文書內容寫上，例如「会議の出席について（依頼）」。

⑵不用前文、後文：像「拝啓」「早春の候ますますご繁盛のこととお喜び申し上げます」「皆様にはますますご健勝のこととお喜び申し上げます」這些起頭語、季節問候語、詢問平安與否的問候語等都不用寫。另外，像「今後とも一層のお引き立てを賜りますようお願い申し上げます」「敬具」這些後文和結尾語也不用寫。

⑶敬語以最小限度使用：即使是向上司提出的文書也是相同，敬語能不用就不用。但是，在請求的文書中，使用「お願いします」這樣的客氣用詞較好。

2. 公司外部文書的特徵

公司外部文書的特徵如下：

⑴標題的寫法：在「△△について（お願い）」的標題之後寫上括弧是妥當的寫法。

⑵寫上前文、後文：要寫起頭語、前文、詢問平安與否的問候語、後文、結尾語等。

⑶敬語的使用：要適當地使用敬語，例如要注意起頭語、季節問候語、詢問平安與否的問候語、結尾語的使用方法。

⑷業務上的問候：在平安與否的問候之後，敘述業務上的問候情況也

不少。

(5) 正文：文書的主要部分一開始寫「さて」之後再敘述要件。「さて突然ですが」「さて早速ですが」「さてこのたびは」等寫上之後，再敘述要件。

(6) 後文：在後文寫上結束的問候。後文因文書的內容而不同，代表性的範例有像「ご愛顧をお願い」這類要對方多多關照及「ご自愛を祈る」這類要對方多保重這兩種。

(7) 公印：在公司外部文書中，按照原則要印上公印。蓋印的位置沒有法律上的硬性規定，一般是約在最後一字的後半位置或者是其後。

3. 公司內部文書的書寫重點和範例

公司內部文書的書寫重點

(1) 文書號碼（文書番号）：若有編文書號碼以便日後資料查詢的話，一般會在文書號碼的前面加上文書記號。文書記號通常是以發信部門、文書內容、文書種類等等來分，一般多用部門的省略名稱加「発」這個方式，如營業部門所發的話就用「営発」。文書號碼的書寫位置在文書的右上方。

(2) 日期（発信年月日）：日期原則上是記載文書的發送日，在文書號碼的正下方書寫。

(3) 收件者（宛名）：在公司內部文書中依照原則只書寫職稱。收件者和寄件者名是用呼應的寫法。如果收件者是「職名・氏名」的話，寄件者也同樣用「職名・氏名」。敬稱上使用「様・殿・御中・各位」等敬稱，現使用「様」的人有增加的趨勢。另外，書寫位置在「日期」下一行的最左方。

⑷寄件者（発信者）：在發文書時，要事先讀好職務權限規程等，用有權限者的名字發出，沒有權限的人不可發信。原則上是課長以上位階的人爲寄件者，蓋印章並非必要。另外，書寫位置在「收件者」下一行的最右方。

⑸標題（件名）：一般是用「△△について」的方式書寫，標題必須一目瞭然。在「△△について」的後面加括弧並在其內具體寫詢問、回答、通知等文書種類。標題用比正文稍大的字體且其位置要擺在中央。

⑹正文（主文）：是文書最重要的部分，用「さて」「ところで」等開始寫，用「つきましては」等做話題的展開。在正文中加上「記」的場合，用「下記のとおり」「下記により」「次のとおり」的寫法來表示。

⑺記（記）：「記」以下盡量用條例式來寫。

⑻副文（追記）：正文寫完之後，若有附加內容的話，再加寫「なお……」「おって……」。

⑼文書的結束（最終結語）：內容全部寫完時，在右下寫「以上」以表文書完結之意。

⑽負責人名（担当者名）：爲了詢問等場合，在「以上」的下面寫上事務負責人的名字和電話號碼（分機號碼之類）。

※附件資料（添付ファイル）：有附加資料的時候，其內容和份數在「記」中要事先明記。

公司內部文書的範例

①文書號碼　②日期　③收件者　④寄件者　⑤標題　⑥正文　⑦記
⑧副文　⑨文書的結束　⑩負責人名

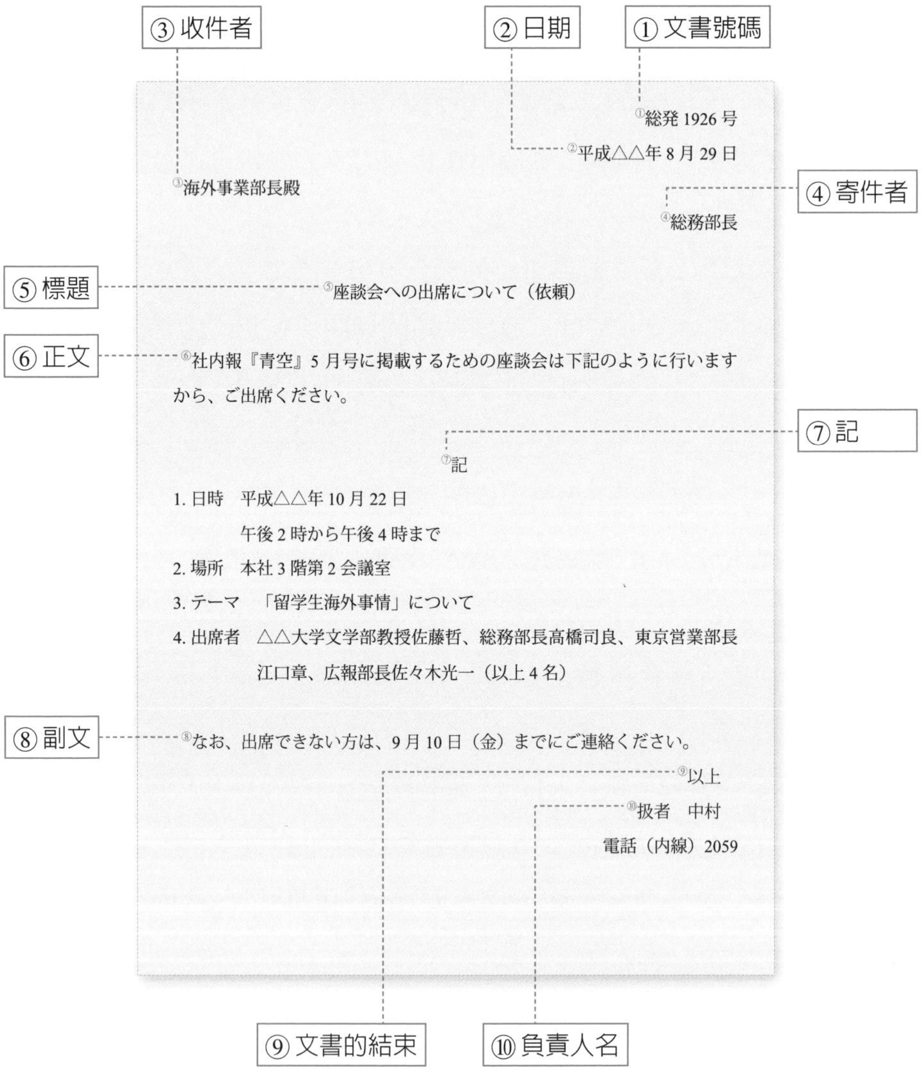

①総発 1926 号
②平成△△年 8 月 29 日

③海外事業部長殿

④総務部長

⑤座談会への出席について（依頼）

⑥社内報『青空』5 月号に掲載するための座談会は下記のように行いますから、ご出席ください。

⑦記

1. 日時　平成△△年 10 月 22 日
　　　　午後 2 時から午後 4 時まで
2. 場所　本社 3 階第 2 会議室
3. テーマ　「留学生海外事情」について
4. 出席者　△△大学文学部教授佐藤哲、総務部長高橋司良、東京営業部長江口章、広報部長佐々木光一（以上 4 名）

⑧なお、出席できない方は、9 月 10 日（金）までにご連絡ください。

⑨以上

⑩扱者　中村
電話（内線）2059

4. 公司外部文書的書寫重點和範例

公司外部文書的書寫重點

⑴文書號碼（文書番号）：若爲了方便日後確認和詢問的話，和公司內部文書一樣，先將內容、種類、收件處等分類後附上記號和號碼。

⑵日期（発信年月日）：可用平成年號或西元年。

⑶收件者（宛名）：寫上正確的名稱、姓氏。「△△株式会社」一定要用正式名稱寫，然後和公司內部文書相同，收件者和寄件者須相呼應，位階要平衡。

⑷寄件者（発信者）：在公司外部文書中，在寄件者名字的地方記載所在地及電話號碼的情況很多。寄件者原則上是課長職以上的人寫上姓名。負責人的名字也要寫。還有，蓋完印章之後，再寫上發信日期。

⑸標題（件名）：標題的取法和公司內部文書幾乎相同。一般是寫「△△について」，並在其後用括弧標示具體文書種類。

⑹正文（主文）：在公司外部文書中，禮儀的問候是必要的。書寫順序爲「起頭語→季節問候語→詢問平安與否的問候語→正文→結尾語」。在正文的開頭換行，用像「さて……」開始寫。有附加「記」的場合則和公司內部文書寫法相同。

⑺記（記）：「記」以下用條例式來書寫，這和公司內部文書相同。

⑻副文（追記）：寫完正文之後，若有附加內容時，書寫方式和公司內部文書相同。不過，必須使用敬體。

⑼文書的結束（最終結語）：正文和「記」都寫完時，在右下寫「以上」，來表文書的總結束。另外，在沒有寫「記」的文書裡，在正文之後寫結束問候語和結尾語的情況很多。

⑽負責人名（担当者名）：公司內部文書的場合，寫上負責人名和分機

號碼的例子雖然不少，但在公司外部文書中，寫上部門名、負責人名字、分機號碼等較爲妥當。

※ 附件資料（添付ファイル）：有附加資料的時候，其內容和數量要在「記」中寫明。

※ 敬語（敬語）：公司外部文書要使用敬語。

公司外部文書的範例

①文書號碼　②日期　③收件者　④寄件者　⑤標題　⑥正文　⑦記
⑧副文　⑨文書的結束　⑩負責人名

③收件者　②日期　①文書號碼

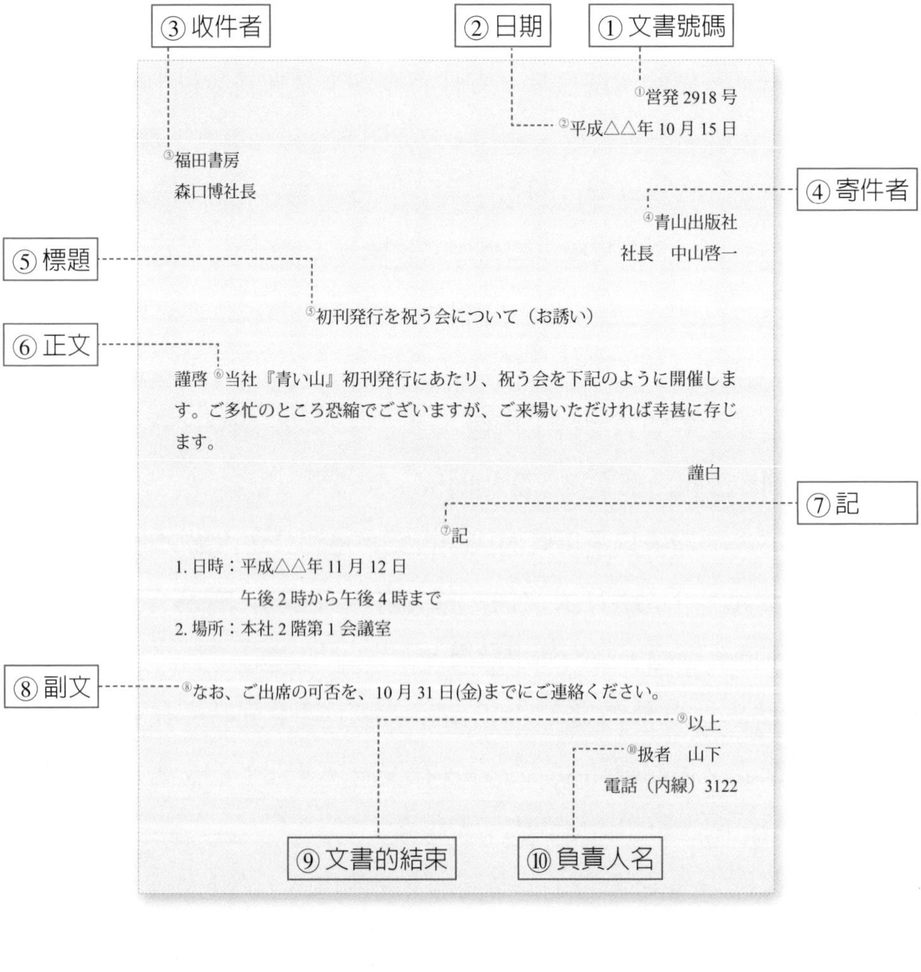

①営発 2918 号
②平成△△年 10 月 15 日

③福田書房
森口博社長

④寄件者

④青山出版社
社長　中山啓一

⑤標題

⑤初刊発行を祝う会について（お誘い）

⑥正文

謹啓 ⑥当社『青い山』初刊発行にあたり、祝う会を下記のように開催します。ご多忙のところ恐縮でございますが、ご来場いただければ幸甚に存じます。

謹白

⑦記

⑦記

1. 日時：平成△△年 11 月 12 日
午後 2 時から午後 4 時まで
2. 場所：本社 2 階第 1 会議室

⑧副文

⑧なお、ご出席の可否を、10 月 31 日(金)までにご連絡ください。

⑨以上
⑩扱者　山下
電話（内線）3122

⑨文書的結束　⑩負責人名

信紙的摺法與放入信封的方法

商業文書的信紙摺法和放入信封的方法基本上與一般文書相同，其方法如下所述。

1. 日式信封的場合

⑴ A4 信紙的摺法

將 A4 信紙分三等分。①先對角測量三等分中的兩等分（不要有對角摺痕）②將最下方的部分往上摺，③將摺對角的部分上下對摺。④放入信封時，從信封的正面來看的話是將信紙的開頭部分放在信封的左上方。

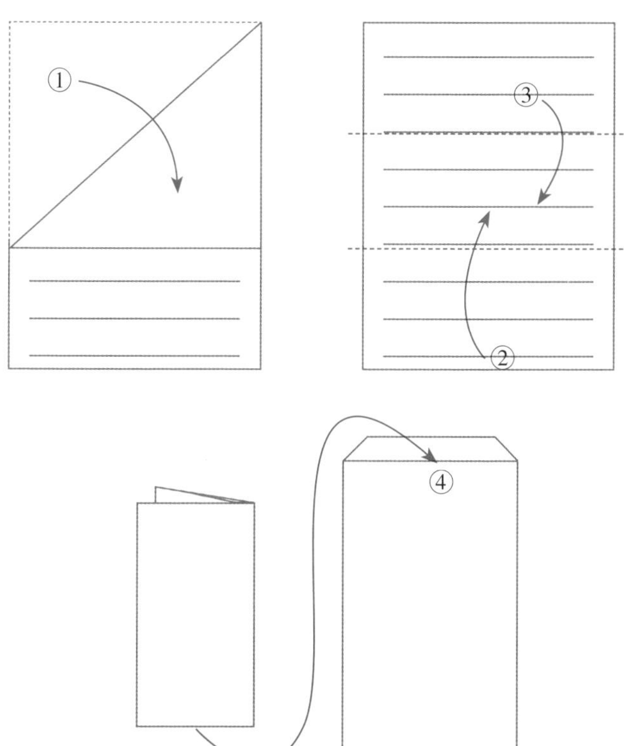

⑵ B4 信紙的摺法

①將 B4 信紙對摺後，②再對摺。③放入信封時，從信封的正面來看，將信紙的開頭部分放在信封的左上方。

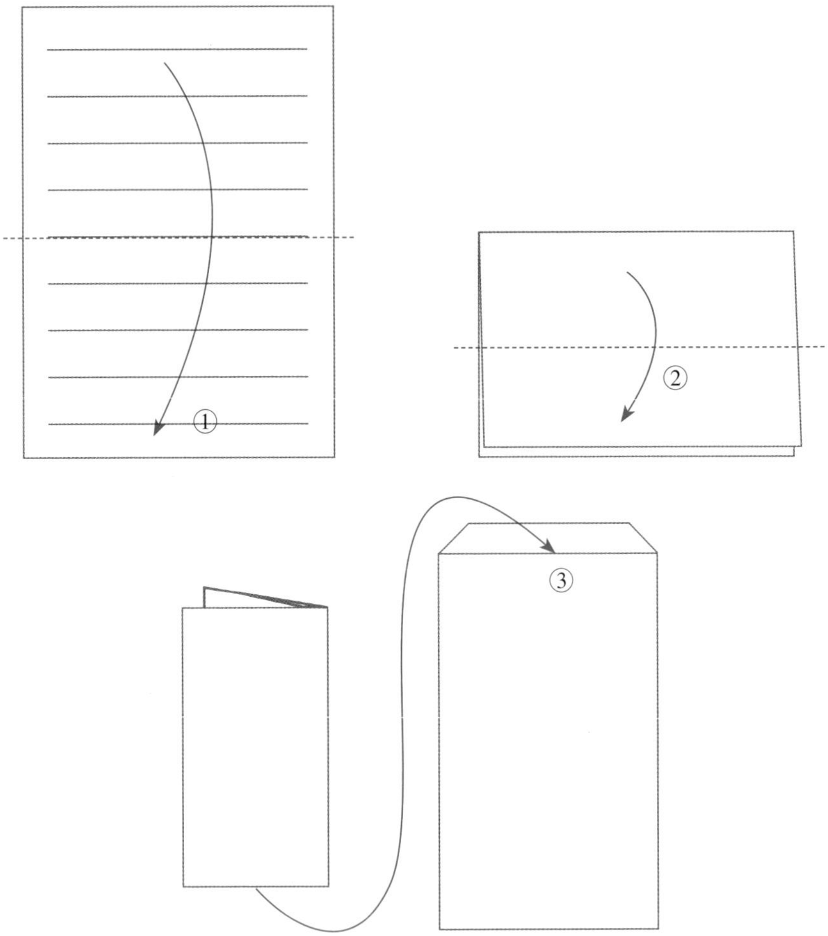

①

②

③

2. 西式信封的場合

①先將 A4 直向對摺後，②再由上往下對摺。③放入信封時，從信封的正面來看，將信紙的開頭部分放在信封的右上方。另外，喪事的場合，摺法與一般場合相同。不過，放入信封時，是從信封的背面來看，將信紙的開頭部分放在信封的右上方。

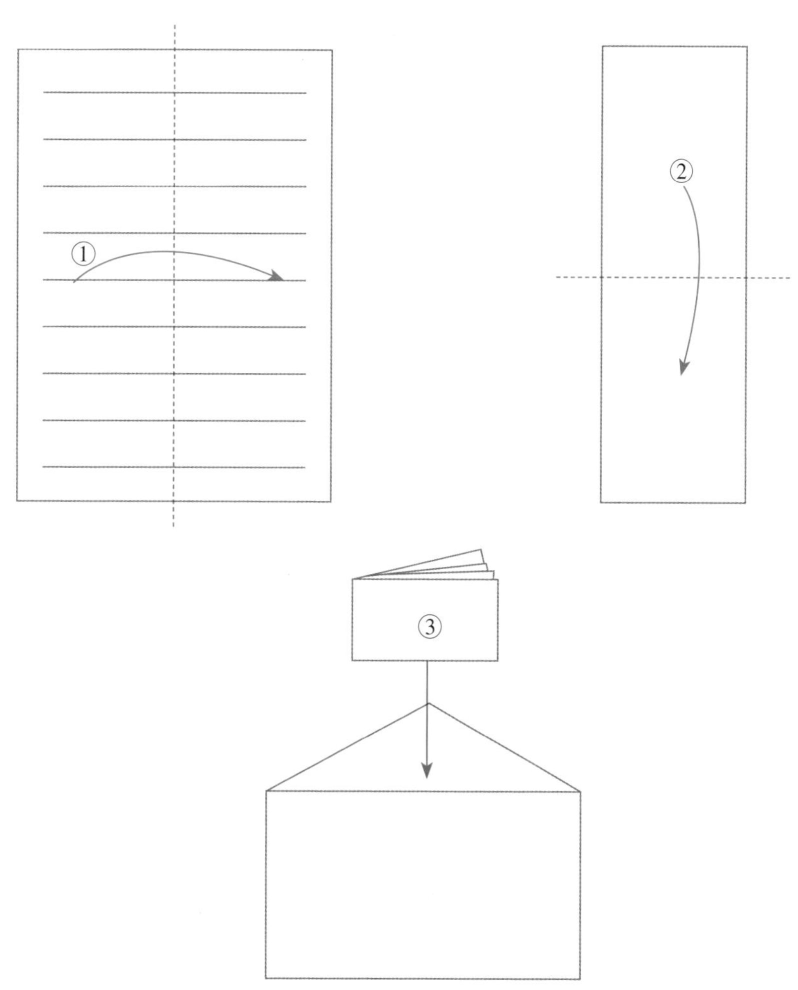

商業信封的寫法

1. 日式信封的寫法

【正面的寫法】

1. 住址盡可能在一行內寫完。若寫不完時，第二行要空一個字的間隔來寫。數字除了「0」以外，基本上用漢文數字來寫。

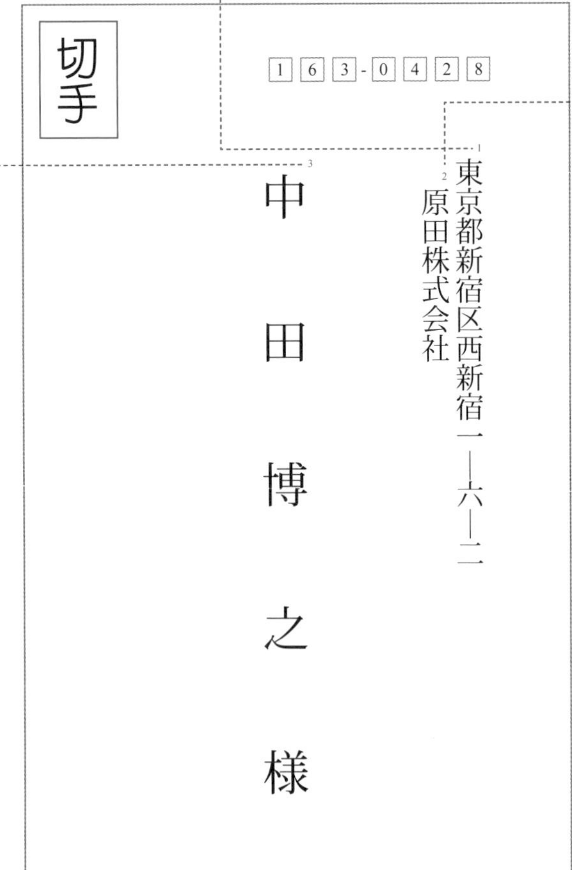

2. 公司名稱寫在住址的左行，位置約在信封中央靠右的地方。從低於住址一個字大小開始寫。

3. 對方姓名寫在信封正中央，字體大小比住址稍大，高度約在住址第二個字左右。

【背面的寫法】

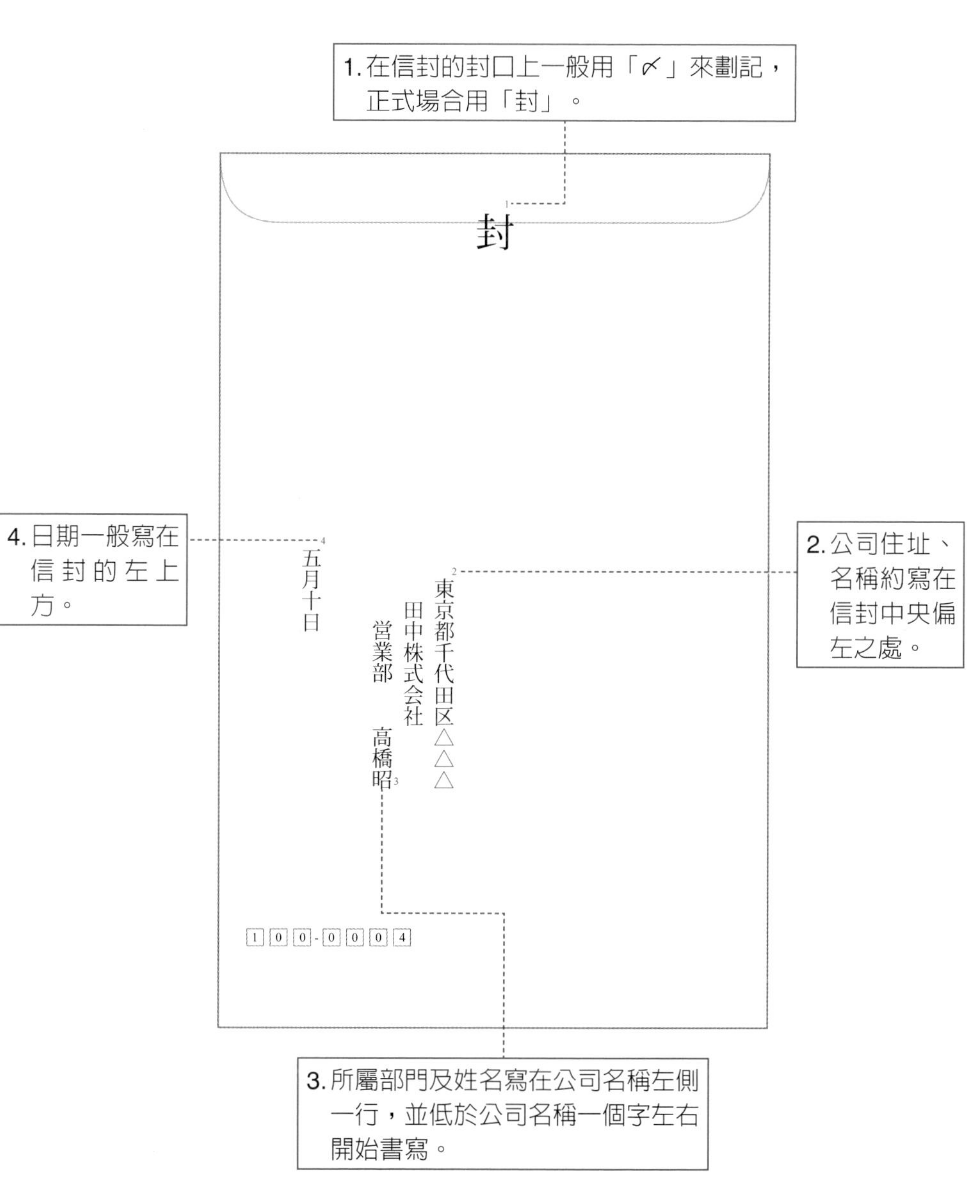
1. 在信封的封口上一般用「〆」來劃記，正式場合用「封」。
封
4. 日期一般寫在信封的左上方。
五月十日
2. 公司住址、名稱約寫在信封中央偏左之處。
東京都千代田区△△△
田中株式会社
営業部　高橋昭
100-0004
3. 所屬部門及姓名寫在公司名稱左側一行，並低於公司名稱一個字左右開始書寫。

2. 西式信封的寫法

【正面的寫法】

1. 橫寫時數字用阿拉伯數字，若怕機器無法自動讀取可以不使用「〒」。

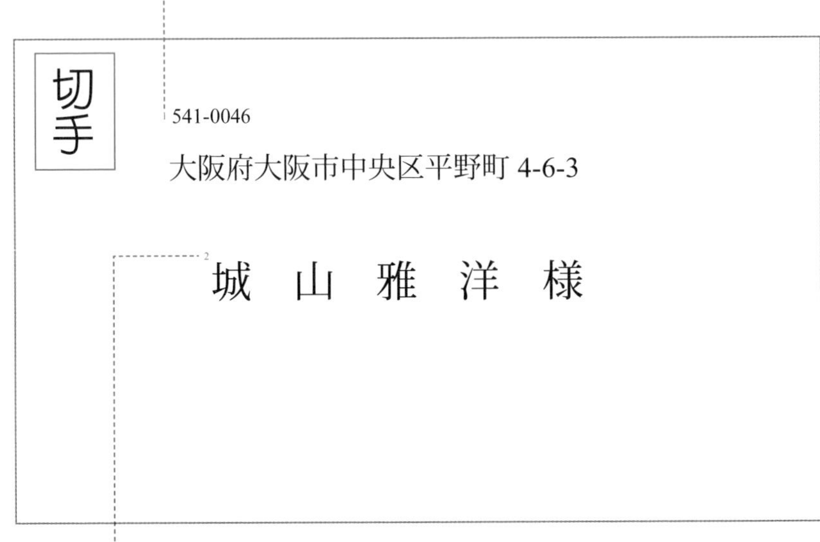

2. 對方的姓名通常寫在大約正中央的位置。

【背面的寫法】

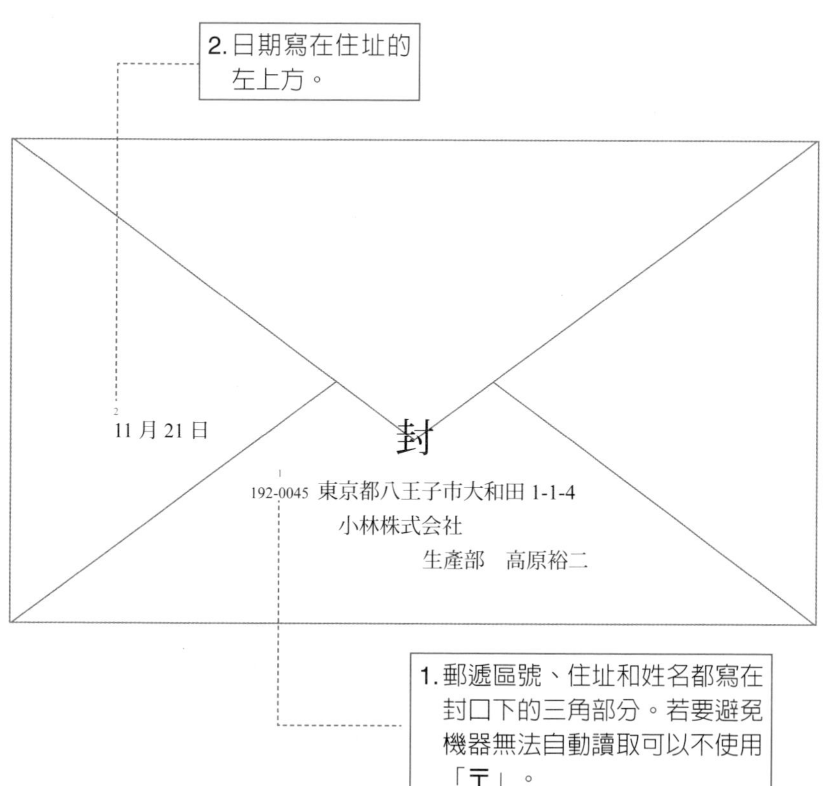
2. 日期寫在住址的左上方。
2
11 月 21 日
封
1
192-0045 東京都八王子市大和田 1-1-4
小林株式会社
生產部　高原裕二
1. 郵遞區號、住址和姓名都寫在封口下的三角部分。若要避免機器無法自動讀取可以不使用「〒」。

公司內部文書

廣義來看公司內部文書種類的話，大致可分成：像「通知函（通知状）」、「任免函（辞令）」等等這種由公司發給員工的指示、命令類文書；像「報告書（報告書）」、「請示書（稟議書）」等等這種由員工向公司提出的報告、呈報、申請類文書；像「便條（メモ）」、「傳閱書（回覧書）」等等這種同事或部門之間互傳的聯絡、協調類文書；像「會議報告（会議報告）」「業務日報（業務日報）」等等這種紀錄、保存類文書這四種。

公司內部文書是在公司內部閱讀的文書，省略客套話只針對要件做簡潔的敘述這一點和公司外部文書不同。為了傳達情報，用簡潔易懂的文書是非常重要的，因此省略敬語被認為是理所當然的事。還有，在公司外部文書中必須要寫問候語，而在公司內部文書卻無此必要。

另外，公司內部文書必須要簡潔正確的內容，所以條例式書寫或使用附加資料是最有效率的方式。如果觸及到和主題不同的話題時，在最後的部分以「追記」方式記載。

1. 便條（メモ）

目的

⑴方便自己外出或同事不在時傳達事情。

⑵如會議、研修等時，方便自己了解重點。

書寫重點

⑴傳達便條等場合要寫日期、時間、收件者、寄件者、要件。

⑵會議、研修等場合依個人狀況而異，一般寫日期、時間、重點。

参考例 1（便條紙上的傳言）

中山部長　宛

8 月 1 日午後 2 時 30 分、営業部宛に**来客**がありました。健康ライフ株式会社の西山様。

用件

・新しく開発した健康食品を宣伝するために来社。

・健康食品に関する**カタログ**、関連資料をぜひご高覧くださいとのこと[1]。

・部長が会議中のため、改めて明日の午後2時頃お伺いしたいとのこと。

その時間も部長がいらっしゃらないかもしれませんので、念のために[2]来社の前に電話をするようお願いしました。また、**名刺**やカタログ、関連資料をいただきました。

佐藤

午後 2 時 40 分

参考例 2（固定格式的電話留言便條）

電話メモ

西村部長　宛

10 月 23 日　午前・(午後)　2 時 10 分　中山受信

株式会社山崎工業　営業部　長山様（03-3421-5571）より

☑電話がありました

□もう一度電話します

□お電話ください

□伝言して欲しい

商品の注文を追加したいので、至急ご連絡くださいとのことでした。

常用表現、句型

⑴「～とのこと」：聽說……

・ご無事とのこと、何よりです。

・仕事が決まったとのこと、おめでとうございます。

⑵「念のために～」：為了慎重起見

・念のために、契約書を交換した。

・念のために、取引先に確認したほうがいい。

單字

來客	らいきゃく	來客、有客人來
カタログ		目錄、產品型錄
名刺	めいし	名片
至急	しきゅう	火急、趕緊

使用場合

⑴將有來電或有訪客這類的事情傳達給不在的同事或上司的時候。

⑵欲將要件確實地傳達給公司內部人員的時候。

⑶欲在外出前向公司內部傳達事情的時候。

⑷欲在會議、研修等場合，了解整個過程的重點時。

注意點

⑴爲使對方拿到便條時方便確認，留便條者須寫上自己的名字。

⑵書寫要切入重點並以簡潔爲要，內容要客氣且容易閱讀。

2. 業務報告（業務報告）

目的

⑴將工作內容正確地傳達給上司或公司，使其能活用情報。

⑵使上司能夠把握部屬工作及公司業務進展的情況。

書寫重點

要寫日期、收件者、寄件者、文書名、主文、詳細報告。

参考例（業務日報）

業務日報

平成△△年 4 月 20 日

宣伝部　斉藤武

10：00	宣伝計画会議 議題：新商品「幻のワイン」の宣伝キャンペーンについて
12：00	昼食
13：00	広告社や新聞社と打ち合わせ
15：00	「幻のワイン」に関する紹介の当社ホームページへの掲載作業。
16：00	パンフレットの作成準備
17：00	退社

備考：次回の会議は 4 月 27 日。それまでに新商品宣伝用[1]の資料を用意しておく[2]。

常用表現、句型

(1)「～用」：……用

・駅の近くに業務用の専門店がオープンした。

・最近非常用グッズがよく売れている。

(2)「～ておく」：先做好……

・進路を決める前に自分がどうしたいのかを考えておく。

・契約する前に条文を確認しておかなければならない。

單字

宣伝キャンペーン	せんでんキャンペーン	宣傳活動
ホームページ		網頁、首頁
掲載	けいさい	刊登、登載
パンフレット		簡介、小冊子

使用場合

⑴將每天業務或工作的進行狀況向上司報告的時候。

⑵將固定期間的業務內容或營業成果向公司報告的時候。

⑶欲使公司內部能共同使用業務內容或情報的時候。

⑷有業務日報、月報、年報、調查報告、出差報告等的時候。

注意點

⑴要明確 5W1H，並避免時間、營業額、商品名稱等等的記載錯誤。

⑵有固定格式就照格式書寫。先寫結論，再依順序做條例式書寫。

⑶事實和意見不要混淆，將自己的感想或意見另外書寫。

⑷提供客觀資料或有建設性的意見等等，使之能增加說服力並提升印象。

⑸提出報告的時機要恰當。

3. 會議報告（会議報告）

目的

為了情報的分享及留存紀錄以便做下次會議的參考。

書寫重點

要寫日期、時間、場所、議題、出席者、會議決定事項。

参考例（會議議事録）

平成△△年8月4日

各位

販売部　江口真一

売り上げ促進会議　議事録

1. 日時：平成△△年8月4日　午前9時から11時まで
2. 場所：本社会議室
3. 出席者：中山専務理事
　　　　　森田営業部長
　　　　　仁田開発課長
　　　　　益岡宣伝課長
4. 議題：煎茶の下半期販売計画について[(1)]
5. 決定事項：
　⑴今年度上半期の販売実績が目標より伸びていないため[(2)]、販売計画を大幅に見直す。
　⑵パンフレットを作り直し、その適切性を検討する。
　⑶サンプルを大量に作成する。
　⑷健康に良いという点を**アピールして**、**高齢者**への**販売拡大**を目指す。
6. 備考：
　次回の会議（8月11日）までに各人は全体計画の**見積書**を検討しておくこと。

以上

常用表現、句型

⑴「～について（は）」：關於……；對於……

・そのことについて改めて話し合おう。

・消費税増税については、多くの国民に反対されている。

⑵「～ため（に）」：為了……

・がん治療を受けるために、彼は会社をやめた。

・業績を上げるために、社員に実力を発揮してもらう環境を提供しなければならない。

單字

売り上げ	うりあげ	銷售額
アピールする		呼籲
高齢者	こうれいしゃ	老年人、年長者
販売拡大	はんばいかくだい	擴大販賣
見積書	みつもりしょ	報價單

使用場合

將公司內部會議，如業務會議、定期會議等等的內容記錄起來的時候。

注意點

⑴要寫出讓參加會議者及缺席者容易瞭解的內容。

⑵日期、時間、場所、議題、參加者等等的記載事項不得有誤。

⑶會議報告整體要做客觀的事實記述。

⑷決定的事項和今後的課題要具體地記載。

4. 調查報告（調査報告）

目的

收集業務上需要的情報，留存記錄以便今後的業務。

書寫重點

要寫目的、對象、期間、方法、結果、對策。

参考例（信用調査報告書）

平成△△年6月8日

代表取締役　小松靖男様

総合計画室室長

片山弘幸

株式会社モリスの信用調査報告書

標記の件について、下記のとおりご報告致します。

記

1. 結論

株式会社モリスは多くの**取引先**から極めて高い信用を得ており、取引には**支障**がないと思われる[(1)]。

2. 理由

⑴財政状態について、△△銀行新宿駅前支店において、常に上位のクラスに**ランク付け**されている。

⑵主要取引先からの信頼も厚く、取引の長い**顧客**も多い。

⑶市場において優れた製品を取り扱っており、営業利益が毎年伸びている。

3. 添付資料

⑴同社の会社概要および[(2)]営業報告書

⑵取引銀行である△△銀行の調査資料

以上

常用表現、句型

⑴ 其他說法：

・取引において不都合はないと思われる。

⑵「A＋および＋B」：A和B

・新商品の開発およびサービス管理はわが社にとって重要な課題です。

・社長は現在および今後の会社の方針を変えようとしている。

單字

標記	ひょうき	標記、標題
取引先	とりひきさき	往來客戶
支障	ししょう	妨礙、故障
ランク付け	ランクづけ	排名
顧客	こきゃく	顧客

使用場合

⑴ 像市場調查、信用調查等等，為整理公司業務、明確業務上的事項時。

⑵ 調查交易對象的信用後，將其結果整理成報告書的時候。

注意點

⑴ 從結論開始寫，要具體寫調查機關、目的、方法、對象、期間、結果、對策等等。

⑵ 內容要易於理解並盡可能在一張紙的範圍內做整理。

⑶ 整理出從調查結果所得的教訓和今後的因應對策。

⑷附加與調查相關的資料，並以資料爲基礎做客觀的敘述，不加入主觀意見。

⑸用別張紙來記載細節，以使報告書的重點能一目瞭然。

5. 意外事故報告（事故報告）

目的

整理及報告意外事故的狀況和事實，以預防再次發生。

書寫重點

要寫發生日期、時間、受害者姓名、事故發生的狀況、今後的對策。

參考例（交通事故報告書）

営発 24 号

平成△△年 3 月 20 日

総務部長殿

営業課長　今井亮

交通事故報告書

1. 事故内容　巡回販売中[1]、前方の乗用車に追突
2. 発生日時　平成△△年 3 月 19 日
3. 発生場所　新宿駅西口の交差点付近
4. 当事者　運転者　営業課　小池正照
5. 相手方　運転者　大木信太郎（東京都杉並区△△

電話 03-△△△△-△△△△）

6. 事故状況

本社から巡回販売の途中、新宿駅西口の交差点でスリップし、前方の乗用車**へ追突した**。乗用車の**テールランプ**と後部**バンパー**破損に加え、相手方の運転者に全治 4 週間のけがを負わせた。わが社の営業車は**ヘッドランプ**と前部バンパーが破損。

7. 事故処理

(1) 相手方への**補償**について、顧問弁護士を通じて[(2)]、保険会社と交渉中。

(2) 小池正照については、乗用車に追突したのは本人の**過失**であり、始末書を提出するよう指示。

以上

常用表現、句型

(1)「～中」：正在做……

・その店は深夜も営業中です。

・仕事中は世間話をしないでください。

(2)「～を通じて」：透過……

・ネットを通じて、世界はより近くなった。

・ボランティア活動を通じて、多くの人と触れ合いたい。

單字

追突する	ついとつする	追撞
テールランプ		後照燈
バンパー		保險桿、緩衝器
ヘッドランプ		前照燈
補償	ほしょう	補償
過失	かしつ	過失、錯誤

使用場合

⑴如交通意外或因公司設施所造成的業務意外等等，在工作時間內發生災害的時候。

⑵當災害帶給公司實際損害的時候。

注意點

⑴將發生的日期、時間、場所、被害者、事故狀況等等具體地描寫，使能正確地傳達事故發生的狀況。

⑵必須做客觀的報告和分析，即使發生意外的當事人是自己的親朋好友也不例外。

⑶要簡潔地記載，虛心接受意外事故的結果以益於今後的對策。

⑷爲了預防同樣意外事故再次發生，必須將發生狀況的始末及應對政策具體記載。

6. 客訴處理報告（クレーム処理報告）

目的

爲了讓接受客訴的員工能做適當的應對。

書寫重點

要註明受客訴者、客訴者、聯絡方式、客訴發生日期、客訴內容及應對、今後的對策。

參考例（客訴處理報告書）

クレーム処理報告書

1. 顧客名　山本株式会社

（東京都練馬区△△　電話 03-7181-2198）

2. 発生日時　6月5日

3. クレーム内容

当社の商品「**ドライマンゴー**」を販売する山本株式会社より、商品を購入したお客様から「ドライマンゴーにカビがついている」とのクレームがあった、という[(1)]報告がきました。

4. 発生原因

点検した結果[(2)]、包装に問題があることがわかりました。

5. **対応処置**

お客様に**謝罪**して、商品そのものを交換。また、取引先の山本株式会社に二度と同じようなことを起こさないとお約束しました。

6. 今後の対応

工場で**検品**の際に発見できなかった原因を調査する方針です。また在庫商品に同じ問題があるかどうか確認しましたが、今のところ見つかっておりません。

以上

常用表現、句型

(1)「〜というＡ」：……這様的Ａ

- 弊社が倒産したという噂は事実無根だ。
- 不況で就職できない大学生が増えているというニュースが流れている。

⑵「～結果」：……結果

- 親に相談した結果、就職することにした。
- 単価を引き上げた結果、売り上げが下がっている。

單字

クレーム		索賠、不平、抱怨
ドライマンゴー		芒果乾
対応処置	たいおうしょち	應對處理
謝罪	しゃざい	賠罪、道歉、承認
検品	けんぴん	檢驗產品

使用場合

⑴從交易對象那裡得知關於產品或服務訴求的時候。

⑵接受消費者對於產品或服務的抱怨及退貨要求的時候。

⑶爲整體把握公司員工的錯誤及做適當應對的時候。

注意點

⑴必須誠懇地接受客人的抱怨。

⑵絕不隱瞞客訴的訊息，要正確迅速地向公司報告。

⑶除了向客人道歉之外，爲了預防再犯，必須詳細地記載客訴內容、調查結果及今後的對策。

7. 請示書（稟議書）

目的

爲了使重要事項能夠得到有權限者的允許。

書寫重點

要寫文書標題、目的、時間、內容、備註。

參考例（購買筆記型電腦的請示書）

平成△△年9月20日

中山太郎総務部長

開発部　江口宏

稟議書

ノートパソコンの購入について

首題につきまして、下記の通り購入致したく、お伺い申し上げます。ご検討くださいますよう、お願い申し上げます。

記

1. 品　目　△△社製15型ノートパソコン

2. 価　格　120,000円

3. 数　量　6台

4. 購入希望日　平成△△年10月22日

5. 購入理由

現在、営業部では、業務用に**旧型**のノートパソコンを6台使用しているが、最新のソフトに対応する(1)ことができなくなっており、**処理能力**に限界がある(2)。したがって、より高度な**作業**をできるようにし、業務を更に効率化させるため、**最新型**のノートパソコンの購入が必要である。

6. 添付資料

⑴カタログ（1通）

⑵見積書（1通）

⑶利用計画表（1通）

⑷現有の旧型機との機能対照表（1通）

以上

常用表現、句型

(1)「～に対応する」：對應……

・運動はストレスに対応するいい方法です。

・消費者に対応して、様々な相談窓口が設けられている。

(2)「～に限界がある」：在……方面上有極限

・体力に限界がある。

・事業拡張に限界がある。

單字

旧型	きゅうがた	舊型
処理能力	しょりのうりょく	處理能力
作業	さぎょう	工作、操作
最新型	さいしんがた	最新型

使用場合

(1)向有決策權者請求判斷業務事項的時候。

(2)向公司請求關於採購商品或雇用臨時工等等經費的時候。

(3)向公司請求參加活動的時候。

注意點

(1)由於是向上司提出的文書，所以要注意文體。

(2)將目的、內容、請示的理由等等具體簡潔地描寫並闡明帶給公司的好處。

(3)內容越具體，可行性越高。例如透過問卷等客觀資料來提高可信度。

8. 提案書（提案書）

目的

改善問題點，提升業務的質量。

書寫重點

要寫出提案主旨、目的、改善策略、費用、相關資料。

参考例（海外視察的提案書）

平成△△年5月4日

開発本部長様

企画開発課長　山本太郎

台湾市場視察の件

標題の件につきまして、企画開発部員、営業部員、製造部員の計3名を出張させたく、ご提案いたします。

記

1. 背景
台湾は、経済的にも地理的にも日本と密接な**繋がり**がある。更に中国との取引に経験豊富な台湾企業の生産現場の実態を把握し、人脈を**築く**ことは、広くアジア地域に事業領域を拡大していこうとしているわが社にとって[(1)]非常に重要である。

2. 目的
円の**高騰**で海外輸出がますます厳しくなっている現在、台湾の関連企業を視察し、アジア地域への進出に関して日本企業との**提携**可能性を探求する。

3. 視察概要

⑴期間　平成△△年7月1日～8日

⑵場所　台湾・台北

⑶滞在地　△△大飯店

⑷日程　添付のスケジュール表を参照

⑸参加人員　企画開発部・営業部・製造部の各1名

4. 費用

添付の旅費見積書を参照

5. 添付資料

旅費見積書1部、台湾・台北視察案内資料、スケジュール表

以上

常用表現、句型

⑴「～にとって」：對於……來説

・貴社にとって最適な営業戦略をご提案し、有益な提携先や専門家をご紹介いたします。

・お客様のプライバシーを守ることは弊社にとって、非常に重要なことです。

單字

繋がり	つながり	連繫、關連
築く	きずく	建立、構築
高騰	こうとう	上漲、昂貴
提携	ていけい	合作、提攜
スケジュール表	スケジュールひょう	行程表

使用場合

⑴向公司提出關於業務的問題點或改善策略的時候。

⑵如辦公室環境改善、海外市場、員工進修等等，想向上司進言的時候。

注意點

⑴具體提出目前的問題點，並將改善結果所帶來的效果具體地用數據表示。

⑵爲避免給人不平、不滿的印象，要客觀地書寫。

⑶詳述提案目的及理由，傳達自己的意圖。另外，對於負面部分要提出解決方法。

⑷事前調查改善費用，附加可信度高的資料。

9. 企劃書（企画書）

目的

將工作上的靈感及業務上的提案傳達給上司或所屬工作團隊，用以得到認同。

書寫重點

要寫出企劃宗旨、背景、對公司的利害得失、戰略、目標。

参考例（新商品開發計劃書）

新商品「元気でスリム茶」の開発計画案

黒豆のお茶はダイエット効果が高い健康茶として、その効能が、メディア等で**たびたび**取り上げられています。体型が気になる(1)女性の**ニーズ**に応えた(2)、黒豆入りの「元気でスリム茶」の開発計画案がまとまりましたので、ご検討ください。

1. 計画背景

近年「おいしいものに目がない(3)」と言う女性が増えてきている。ただし、カロリーが気になるため、「美容効果」と「健康促進」の両面を**兼ね備えた**お茶が強く求められてきている。「無理をしないで楽しく痩せる」というのがトレンドとなっている。

2. 提案

ダイエットと同時に、美肌効果や動脈硬化さらには高血圧等の生活習慣病予防にもなる「元気でスリム茶」を提案する。

3. 概要

黒豆入りの「元気でスリム茶」には、**活性酸素**の除去、視力の回復、美肌等の効果があり、それが最大の**セールスポイント**である。

4. 開発基本方針

・新商品のターゲットは、若い女性から高齢者まで。

・「手軽で、続けやすく、家計にやさしい」を**コンセプト**とする。

5. 添付資料

「元気でスリム茶」のサンプル、収支予測、スケジュール表

以上

常用表現、句型

⑴「～が気になる」：擔心……；放不下心……

- 売り上げが気になってしょうがない。
- お客様の反響が気になって眠れない。

⑵「～に応える」：響應……；反應……；報答……

- 弊社はお客様の声に応えて、アフターサービスを改善しました。
- ファンの声に応えて、ライブを行うことになった。

⑶「～に目がない」：非常愛好……；對……著迷

- 彼女はおいしいものに目がない。
- 彼はお酒に目がない。

單字

スリム		苗條、合身
たびたび		屢次、再三
ニーズ		需求、需要
兼ね備える	かねそなえる	兼備
活性酸素	かっせいさんそ	活性氧
セールスポイント		商品特點、商品賣點
コンセプト		概念、觀念

使用場合

⑴想將新產品、廣告宣傳、活動企劃等等的計畫案向有權限者提出的時候。

⑵想對公司提出有助益的計畫案時。

注意點

⑴花時間多加思考並製作企劃案。說明實施企劃案的理由及目的，並且蒐集能證明企劃案可行性的資料。

⑵用客觀數據清楚地說明預算、效果、日期、實行期間、費用等等要項。

⑶將具體的利益用圖表來表示。

⑷若能描寫對未來之展望的話，更能增加說服力。

10. 傳閱書（回覧書）

目的

為了確保共同情報的正確傳達。

書寫重點

必須蓋上「回覧」的印章、要有日期、宗旨、詳細情況、檢閱確認欄。

參考例（忘年會通知的傳閱書）

回覧

忘年会のご案内

今年も、いよいよ残り少なくなってきました(1)。皆様にはお変わりもなくお過ごしのこととお喜び申し上げます。

さて、世間ではいよいよ忘年会**シーズン**の到来です。一年の**節目**を迎えご多忙のところ恐縮でございますが、日頃のご厚情に対していささかの**謝意**を表し、また**親睦**を深めたく存じます。皆様**奮って**ご参加ください(2)。

記

1. 日時　12月18日（金）午後6時～8時

2. 会場　△△△

※地図・電話番号は別紙参照

3. 会費　5,000円

なお、会場の予約・準備等の都合がございますので、△月△日までに幹事の営業課・上野まで御返信下さるようお願い申し上げます。

以上

常用表現、句型

(1) 其他説法：

- いよいよ本年もあとわずかとなりました。
- いよいよ年の瀬も押し迫ってまいりました。

(2) 其他説法：

- ぜひともご参会ください。
- ぜひ｛お越しください／お集まりください｝。

單字

シーズン		季節、旺季
節目	ふしめ	節眼、段落
謝意	しゃい	謝意、感謝
親睦	しんぼく	和睦、友誼
奮う	ふるう	踴躍、積極、振奮精神

使用場合

⑴想有效率地用一張紙來通知公司內部事情的時候。

⑵想要確實向特定的部門等等傳達事情的時候。

⑶告知會議、演講、活動等等的時候。

注意點

⑴必須加上表示「回覧」的印章，傳閱的記號要大大地顯示出來。

⑵日期、場所、詢問處等等用「別記」的方式簡潔書寫。

⑶最好設立檢閱確認欄及加入日期欄位，用以確認有無被傳閱並加速傳閱的效率。

11. 佈告函（案内状）

目的

將情報正確傳達給公司員工。

書寫重點

要寫日期、時間、場所、通知內容、實施事項、適用之對象、備註。

参考例（實施健康診斷的通知）

平成△△年5月7日

社員各位

総務部

定期健康診断実施のお知らせ

定期の健康診断を下記の通り実施致しますので、受診をお願い致します。

なお、受診できない方につきましては[(1)]、総務部までご連絡ください。

記

1. 日時　平成△△年5月14日

受付午前9時～12時

2. 場所　△△病院

3. 対象者　4月1日現在で満40歳以上の者

4. 実施項目　身長、体重、血液検査、血圧検査、尿検査、**腹囲**、視力、**色覚**、聴力、内科検診、**胸部レントゲン撮影**など

5. 備考　**問診票**に記入の上、当日持参すること。

当日は**着脱し**やすい(2)服で受診すること。

以上

常用表現、句型

(1)「～につきまして（は）」：關於……；就……；對於……

- 新商品の販売につきまして（は）、諸般の事情により、延期することになりました。
- お見舞いにつきまして（は）、できるだけ消灯時間の21時までにお願いします。

(2)「～やすい」：容易……

- 生ものは傷みやすい。
- 食材宅配は主婦や高齢者が利用しやすいサービスです。

單字

受診	じゅしん	接受診斷
腹囲	ふくい	腰圍
色覚	しきかく	色覺
胸部レントゲン撮影	きょうぶレントゲンさつえい	照胸腔X光片
問診票	もんしんひょう	問診單、病歷單
着脱する	ちゃくだつする	穿脱

使用場合

⑴想將情報告知公司內部全體人員的時候。

⑵想告知公司內部的活動情報，如員工旅遊、防災訓練、公司內部會議、健康檢查等等的時候。

注意點

⑴在大門口或電梯等等醒目的地方，用簡潔的內容和版面設計來吸引對方參加。

⑵將標示的文字放大以引起注意，且標題要能切入重點。

⑶日期、時間、場所等等情報必須正確，並以「別記」的方式列出。

⑷因是公司內部文書所以基本上不需要季節等的問候語。

12. 通知函（通知状）

目的

爲了讓公司內部情報、聯絡事項能夠讓員工各自理解、共同擁有。

書寫重點

要寫收件者、通知的宗旨、詳細內容、注意事項。

参考例（削減經費通知）

総発30号

平成△△年7月3日

部長各位

総務部長　三田和雄

経費節減の**推進**について

最近、電気代、通信費、水道代などが高騰してきており、その経費の支出は当社の**負担**となっています。

社員に経費節減を徹底していただくよう、下記の通り確認をお願いします。

記

1. **冷房**の設定温度をさらに高めにすること(1)。
2. 業務上特に必要な場所以外は**消灯する**こと。
3. できるだけ両面コピーをするようにし、またコピーミスをできるだけ減らすこと。
4. 私用で会社の電話を使用しないこと。
5. 水道の**蛇口**をきちんと閉めること。
6. 退社時、エアコンや電気などの電源を確実に切ること。

以上

常用表現、句型

(1)「～こと。」：（用在肯定句時）要……；（用在否定句時）不要……、不能……

・お客様を大切にすること。

・勤務時間に遅刻しないこと。

單字

節減	せつげん	節省
推進	すいしん	推動、推進
冷房	れいぼう	冷氣設備、冷氣
消灯する	しょうとうする	熄燈
蛇口	じゃぐち	水龍頭

使用場合

⑴想要通知公司內部聯絡事項的時候。

⑵對全體員工或特定人員傳達必須遵守事項的時候。

⑶有人事異動、停電通知、遷移分店或營業處等等的時候。

注意點

⑴標題要切入重點，通知內容要易於傳達並且少用敬語。

⑵先寫結論使其目的能夠一目瞭然。

⑶日期、時間、姓名、場所等等的情報要正確。

13. 委託函（依頼状）

目的

使公司員工之間能夠交換情報以促進業務順利發展。

書寫重點

要寫出委託宗旨、委託的詳細內容、聯絡方式。

參考例（公司內部問卷調查的委託）

アンケートご協力のお願い

社内節電に関する**マニュアル作り**を**本格的**に進めたいと思います。つきましては、節電に関するご意見・ご要望をお聞きしたく、下記アンケートへのご協力をお願いいたします[(1)]。

なお、回答期限は 6 月 30 日（金）までです。アンケート用紙を**部署**ごとに[(2)]とりまとめていただければ、総務部が**引き取り**にうかがいます。

以上

節電に関するアンケート

1. あなたは節電をしていますか。　該当項目に○をつけてください。
（以下同）

はい・いいえ

2.「はい」と答えた方は、いつもどのように節電をしていますか。

（　　　　　　　　　　　　　　　　　　　　　　　　　　　　）

（中略）

6. その他、社内節電に関してのご意見・ご要望をご自由にお書きください。

（　　　　　　　　　　　　　　　　　　　　　　　　　　　　）

ご協力ありがとうございました。

常用表現、句型

⑴「～へのご協力をお願いいたします」：敬請協助……

・ぜひ節電へのご協力をお願いいたします。

・事業拡張へのご協力をお願いいたします。

⑵「～ごとに」：每……

・部門ごとに売り上げの予測が違っている。

・機械ごとに生産量が異なっている。

單字

マニュアル作り	マニュアルづくり	製作指南手冊
本格的	ほんかくてき	正式的
部署	ぶしょ	工作崗位、職守
引き取り	ひきとり	領取

使用場合

⑴對公司內部的同事提出業務上協助的時候。

⑵爲了提高公司業務而要求對方給予方便的時候。

⑶想做有關販賣業績、販賣狀況的詢問、公司內部問卷調查等等的時候。

注意點

⑴少用敬語，姿態要放低。

⑵在對方有餘力的狀況下來委託對方，不強人所難。

⑶委託函要簡潔地書寫，避免冗長、難以理解的文章。

⑷委託內容、細節要用「別記」的方式來書寫。

14. 詢問函（照会状）

目的

當在工作上有求於其他部門時，為得到其重要請託的答覆。

書寫重點

標題要具體地表明詢問內容、詢問理由、回答方式及期限。

参考例（詢問庫存）

営発35号

平成△△年7月2日

モニター（AB1-4）の在庫状況の照会

モニター（AB1-4）の在庫状況について照会させていただきたく(1)、ご連絡いたします。

来週の金曜日までに**別紙**調査票にて、ご回答くださいますようお願いいたします(2)。

照会内容

品　番：AB1、AB2、AB3、AB4

期　日：7月9日（金）

回答先：営業課　野口宛

以上

常用表現、句型

⑴「～（さ）せていただきたい」：希望讓（我）……

・忘年会にはぜひ出席させていただきたいです。

・このプログラムにぜひ参加させていただきたいです。

⑵「～ようお願い致します」：敬請拜託……

・何かございましたら、｛ご連絡くださる／ご連絡くださいます｝ようお願い致します。

・何卒｛ご了承いただく／ご了承いただきます｝ようお願い致します。

單字

在庫状況	ざいこじょうきょう	庫存情況
照会	しょうかい	詢問、查詢
別紙	べっし	另一張紙

使用場合

想詢問在業務上，如庫存、銷售情形、系統使用狀況等情報時。

注意點

⑴不需要季節的問候語或過度的敬語，不給人文章冗長的印象。

⑵要遵守禮儀、保持敬意，並表現出拜託的誠意。

⑶詢問內容用「別記」的方式記載。

⑷準備回答用的紙張讓對方容易回答。

15. 回覆書（回答書）

目的

爲使公司內各部門之間的業務能夠流暢並且互相提供情報。

書寫重點

要寫標題、回答內容及其它特別事項。

參考例（對庫存詢問的回答）

平成△△年 7 月 4 日

営業課

野口広之様

管理課　坂本秀一

在庫状況のご照会への回答

7 月 2 日付の在庫照会につきましては、別紙、在庫調査表にまとめたとおり(1)です。

なお、AB2 については、**販売当初**から**売れ行き**が**好調**で、6 月末の時点で在庫切れ(2)です。

以上

常用表現、句型

⑴「～とおり」：如同……；照……

・おっしゃるとおり、石油価格の高騰で原料費が高くなっている。

・この機械は思ったとおり動かない。

⑵「～切れ」：……結束

・この商品はもう期限切れです。

・業務日報の提出はもう時間切れです。

單字

販売当初	はんばいとうしょ	剛開始販賣時
売れ行き	うれゆき	銷路
好調	こうちょう	順利、情況良好

使用場合

對庫存、銷售、系統使用情形、設備的採購等詢問內容做明確回答時。

注意點

⑴回答方式要簡潔易懂，並且針對回答內容來訂易懂的標題。

⑵不拖延回答日期。若無法即時回答要及早通知對方並告知回答時間。

⑶當詢問或請託內容過多的時候，其具體的回答要另外記載。

16. 各式假條（届の種類）

目的

爲了方便管理員工。

【遲到、早退假條（遅刻・早退届）】

書寫重點

要寫遲到或早退的時間、理由；必要時附佐證資料。

參考例（遲到、早退假條）

遅刻・早退届

総務部長殿

平成△△年9月10日届

所属・氏名	経理部　道広正
日時	平成△△年9月10日9時より （遅刻・**早退**・30分）
理由	交通事故が原因の**渋滞**による[1]バスの**遅延** *遅延証明書を添付いたします

検印

常用表現、句型

(1)「A＋によるB」：由於A所引發的B

・円高による還元セールが話題になっている。

・故障による不具合はうまく解決した。

單字

早退	そうたい	早退、提早下班
渋滞	じゅうたい	阻塞、延誤
遅延	ちえん	延遲、誤點

使用場合

(1)生病或受傷時必須到醫院辦手續或治療的時候。

(2)有個人要事或健康檢查的時候。

(3)因公事要去公家機構拿資料的時候。

(4)家人突然生病、發生意外等等緊急狀況的時候。

注意點

(1)如果事前已經知道會遲到或早退的話，盡可能提早提出。如果是因突發狀況而遲到的話，先用電話聯絡，之後再向公司提出假條。

(2)理由的書寫要簡單明瞭。公司如果有特定的請假格式，就依照格式來書寫。

(3)提出後若有變更的話，在更正後要馬上再提出。

【休假單、停職假單（休暇届・休職届）】

書寫重點

要寫請假理由、具體的請假時間，必要的時候要附加證明資料。

参考例 1（休假單）

休暇届

平成△△年 7 月 1 日

総務部長殿

所属／氏名	庶務二課　小林恵子
期間	平成△△年 7 月 10 日から 平成△△年 7 月 17 日まで
種別	□**振替休暇**　□有給休暇 ☑特別休暇　□**慶弔休暇** □産前休暇　□産後休暇 □生理休暇　□育児休暇 □その他（　　　　　　　　　　）
理由	
備考	

検印

参考例 2（停職假單）

休職届

平成△△年 3 月 1 日

総務部長殿

私は、このたび下記の理由により(1)休職いたしたく、お願い申し上げます。

所属／氏名	生産部　佐藤健治
期間	平成△△年 4 月 1日から 平成△△年 9 月 30 日まで
理由	海外企業で研修するため
添付書類	海外企業の△△会社の受諾書 1 通

検印

常用表現、句型

(1)「～により」：由於……

・社長は健康面の理由により引退した。

・大地震により大きな被害を受けた。

單字

慶弔休暇	けいちょうきゅうか	婚喪喜慶假
振替休暇	ふりかえきゅうか	補休
休職	きゅうしょく	（暫時）停職
受諾書	じゅだくしょ	承諾書

使用場合

⑴因喜事、喪事、本人或家人生病、受傷而不得已請假的時候。
⑵想申請特別休假或育嬰假、產假的時候。

注意點

⑴請假基本上以不影響公司運作為原則。若是事前已知的情況要盡早提出。
⑵公司如果有特定用紙或書寫方式，就依照公司的格式來書寫。
⑶理由要簡單明瞭地書寫，並在提出前確認有無錯誤。

【變更申請書（変更届）】

書寫重點

蓋印章、寫姓名之外，還要寫變更的內容及附加的資料。

參考例 1（結婚假單）

結婚届

平成△△年8月1日

総務部長殿

経理課　清水孝太　印

このたび、下記のとおり結婚いたしましたので、お届けいたします。

記

1. 結婚年月日
平成△△年8月8日

2. **配偶者**氏名

清水奈津　（旧姓　山下）

3. 結婚後の住所

〒100－△△△△

東京都武蔵野市武蔵境△△

4. 添付書類

住民票 1 通

戸籍謄本 1 通

以上

参考例 2（住址變更申請單）

住所変更届

平成△△年 4 月 1 日

総務部長殿

生産課　山内健　印

下記のとおり[1]、住所を変更いたしましたので、お届けします。

記

1. 新住所　　東京都品川区△△△
2. 旧住所　　東京都練馬区△△△
3. 移転年月日　平成△△年 3 月 31 日
4. 添付書類　　住民票 1 通

以上

常用表現、句型

⑴「～のとおり」：如同……；照……

・夏のバーゲンセールは、下記のとおり開催いたします。

・彼は風邪を引いても、いつものとおり楽しく仕事をしている。

單字

配偶者	はいぐうしゃ	配偶
住民票	じゅうみんひょう	戶口名簿
戸籍謄本	こせきとうほん	戶籍謄本

使用場合

⑴要變更住址、結婚、離婚、出生、家人過世、撫養家人之資料的時候。

⑵換保證人的時候。

注意點

⑴如果知道有異動變更的話就要馬上提出。

⑵公司如果有固定格式的話，就依照公司的格式來書寫。

⑶簡單地書寫並確認內容是否正確無誤。

17. 其他申請書（その他の届）

目的

讓上司或同事得知申請的事由。

書寫重點

要寫申請書的內容、日期、時間、理由、備註。

参考例 1（加班申請單）

時間外勤務・休日出勤届

営業課長殿

平成△△年 4 月 20 日

下記のとおり、（**時間外勤務／休日出勤**）をいたしたく申請します。

所属氏名	営業課　中藤かおり
日時	平成△△年 4 月 21 日（土） 10：00～18：00
事由	新商品の市場販売を調査するため
備考	振替休日は平成△△年 4 月 27 日希望

承認印欄

参考例 2（出差申請單）

出張申請書

平成△△年 9 月 1 日

営業部長様

営業部　上田誠

このたび、下記の通り出張いたしたく、ここに申請いたします。よろしくご承認のほどお願い申し上げます[(1)]。

記

1. 期間　：平成△△年 9 月 15 日から平成△△年 9 月 20 日まで

2. 目的　：中国・四国地区の市場調査のため

3. 内容　：各デパートで当社商品の**販売現状**を調査します

4. 同行者　：なし

5. 備考　：出張旅費の見積書を添付いたします

以上

常用表現、句型

⑴「よろしく～のほどお願い申し上げます」：敬請……；懇請……

・よろしくご理解のほどお願い申し上げます。

・よろしくお力添えのほどお願い申し上げます。

單字

時間外勤務	じかんがいきんむ	加班
販売現状	はんばいげんじょう	販賣現況

使用場合

⑴不得已必須在下班時間或休假日值班的時候。

⑵因業務上的方便，直接前往拜訪客戶或直接回家比較好的時候。

⑶取得公司指定資格的時候。

注意點

⑴事先知道的情況下盡可能提早提出。

⑵如果有固定格式的話，就依照固定格式來書寫。

18. 原委書、理由書（顛末書・理由書）

目的

確認清楚事實的眞相，把握事態來因應對策。

書寫重點

要寫問題的內容、發生的原因、現在的狀況、今後的對策。

参考例 1（部屬交通意外事故原委書）

顛末書

平成△△年 2 月 14 日

営業部長　高橋健様

営業課長　山内良介

このたび当営業部員高山和幸が起こした**接触事故**について、下記のとおり原因が判明しましたので、ご報告致します。

1. 事故発生の日時・場所：平成△△年 2 月 5 日、午後 3 時
　　杉並区△△町△△交差点
2. 事故発生状況：高山和幸の運転する営業車が、**左折する**際、**左脇**を走っている**軽四**にぶつかり、その前方部を**破損**。軽四の女性運転手にも、全治一ヶ月の怪我を負わせた。
3. 事故原因：高山和幸の急な車線変更

軽四の女性運転手は、念のために現在入院検査中です。なお職業は会社員で、現在通勤できない状態です。

事故処理について、警察の取り調べは終了しました。また、軽四の損害額については、完全補償となることを保険会社に確認済みです。被害者の入院・治療費、また通院にかかる費用などは後日確定します。

今後は二度とこのような問題を起こさないよう、安全運転に関する**講習**を開くなどして、営業部員に安全運転の意識を徹底させ、事故の再発防止に努めます[(1)]。

以上

参考例 2（産品破損理由書）

理由書

平成△△年 1 月 25 日

商品管理部長

山下英二様

商品管理課　小川正之

平成△△年 1 月 25 日、当社製造「オリジナル　プリン」を**納品する**際に[(2)]起きた、商品の破損事故についてのご報告は以下のとおりです。

記

1. 平成△△年 1 月 20 日午前 9 時頃、当社運送トラックがプリンを**運搬中**、大塚駅前でバイクに後方より**追突された**。
2. 追突による衝撃で、**荷台**に載っていたプリン入りのケースが荷台より落下。
3. 合計 10 箱、プリンが 500 個破損した。

以上

常用表現、句型

(1)「～に努めます」：努力……；盡力……

・今後は新商品の開発に努めます。

・貴社への最善のサービスに努めます。

(2)「～際に（は）」：在……的時候

・お客様にご説明する際には、誠心誠意の態度を見せることが重要です。

・開発した商品が予想以上に売れた際には、在庫の確認をしなければならない。

單字

接触事故	せっしょくじこ	擦撞意外
左折する	させつする	向左轉
左脇	ひだりわき	左側
軽四	けいよん	小型轎車
破損	はそん	損壞
講習	こうしゅう	講習、學習
納品する	のうひんする	交貨、繳納物品
運搬中	うんぱんちゅう	搬運中
追突する	ついとつする	追撞
荷台	にだい	（卡車的）車廂

使用場合

(1)當有不良品或破損商品要退貨時，必須告知其事實和理由的時候。

(2)傳達遲於付款或交貨等等原因的時候。

(3)必須快速地報告事情始末的時候。

注意點

⑴「原委書（顛末書）」是以事情發生的經過爲中心來敘述，「理由書（理由書）」是以因果關係爲中心來敘述，這些都是當做預防再犯的資料來使用。

⑵目的不在道歉而在於說明事實。明確 5W1H，正確且有條理地敘述事情或因果關係。

⑶用條例式或「別記」的方式來書寫，讓讀者能夠抓住問題重心。

⑷加入今後的對策、思考解決方法以期早日解決問題。

19. 始末書（始末書）

目的

理解事情的嚴重性並且避免讓它再次發生。

書寫重點

要寫過失或失敗的事實、發生的原因、本人的意圖、反省及謝罪、發誓。

參考例（一般始末書）

始末書

平成△△年 6 月 10 日

生産部長　片山雄二様

生産部　中嶋祐輔

私は、このたび夏のバーゲンセール用の商品の**柄**と**数量**を間違える(1)という**不始末**をいたしました。

急遽正しいものを作り直し、納品いたしましたが、取引先との信頼関係を**損ない**、会社に損害を与え、生産部にも多大なご迷惑をおかけ致しました。すべて私の不注意であり、心から反省し深くお詫び申し上げます。

今後は二度とこのようなことを起こさないよう、**細心**の注意を払うとともに、一層業務に専念いたします(2)。どうか今回に限り(3)ご容赦くださいますよう、お願い申し上げます。

以上

常用表現、句型

(1)「～を間違える」：弄錯……

・メールアドレスの入力を間違えた。

・手順を間違えると、うまくいかない。

(2)「～に専念する」：專心於……

・治療に専念するため、しばらく会社を休んでいた。

・休学して仕事に専念することにした。

(3)「～に限る」：只限於……；限定於……

・入場者は会員に限る。

・スペシャル価格はお得意様に限る。

單字

柄	がら	様式、花様
不始末	ふしまつ	不注意、不檢點
急遽	きゅうきょ	急忙、匆忙
損なう	そこなう	損害、傷害、損傷
細心	さいしん	細心、周密、膽小

使用場合

⑴用在反省檢討業務上發生之問題，如交通意外、對公司的損害、曠職、遲到等的時候。

⑵被上司催促要提出始末書的時候。

注意點

⑴「始末書（始末書）」是以誠意來表明謝罪態度爲主，而「原委書（顛末書）」是以事情發生的經過爲主。

⑵不隱瞞扭曲失敗的事實，不做模稜兩可的表現。

⑶文章力求簡潔，將原因和結果做正確的記述。

⑷爲了不再重蹈覆轍，在最後一定要加上解決對策。

20. 去留辭呈（進退伺い）

目的

目的在將意外事件的負責態度傳達給公司。

書寫重點

要寫事情發生的始末、表明想負責任的態度以及謝罪，並遞上辭呈。

参考例（對部屬的不當作為向上司請示去留的辭呈）

進退伺い

平成△△年 11 月 20 日

代表取締役社長　竹内誠様

営業部長　山口明

このたび、営業課長山崎が営業課長就任当初から 3 年間、**架空**の会計処理を行い、経費を**着服していた**(1)事実が判明致しました。

この不始末により、会社に多大な損害を与えてしまいました。山崎はすでに**懲戒解雇**処分を受け、また業務上**横領**の罪で**逮捕されました**。今回の事件は、すべて私の社員管理が不十分であったことによるものであり、心より深くお詫び申し上げます。

このたびの**不祥事**に関しましては、いかなるご処分を賜りましても謹んで受け入れる覚悟でございます(2)。ここに辞表を添えて、今後の**進退**につきましては、ご指示通りに致す所存でございます。

以上

常用表現、句型

(1)「～を着服する」：私吞……；貪污……

・彼は公金を着服してギャンブルに走った。

・彼は会社の金を着服して海外へ逃亡した。

(2) 其他説法：

・このたびの失態に関しまして、どのようなご処置もお受けする所存でございます。

・このたびの不始末につきまして、いかなる処分であっても会社の決定に従います。

單字

架空	かくう	虛構、空想
着服する	ちゃくふくする	私吞、貪污
懲戒解雇	ちょうかいかいこ	懲戒解雇
横領	おうりょう	侵占、侵吞
逮捕する	たいほする	逮捕
不祥事	ふしょうじ	壞事、醜聞
進退	しんたい	去留、進退

使用場合

⑴如交通意外、工廠工安意外等，在業務上對自己或部屬管理產生過失的時候。

⑵過失內容重大到無法以始末書來解決的時候。

注意點

⑴不找藉口推卸責任，誠實地承認過失及道歉。

⑵是否辭職的決定權在於上司，但為了負責任必須交出辭呈。

21. 離職書（退職届）

目的

傳達辭職意願並感謝公司的栽培照顧。

書寫重點

要寫上日期、簽名、辭職的理由。

参考例（離職信）

退職願

平成△△年 3 月 1 日

株式会社モリス

代表取締役社長　小山隆志様

経理部　小池紀子

この度、**私事**ながら肝臓がんを**患い**、長期の入院治療が必要との診断を受けました[(1)]。

つきましては、来る平成△△年 3 月 31 日をもちまして退職いたしたく、ここにお願い申し上げます。

なお、**退職後**の連絡先は下記のとおりです[(2)]。

記

住所　〒166-0000　東京都杉並区△△－△－△

電話　03-△△△△-△△△△

以上

常用表現、句型

⑴ 其他説法：

・一身上の都合により、不本意ながら退職することにしました。

⑵ 其他説法：

・退職後の連絡先は｛自宅まで／下記の通りで｝お願いします。

單字

私事	しじ／わたくしごと	私事、私人秘密
患う	わずらう	感染、患病
退職後	たいしょくご	離職後

使用場合

⑴用在自己想要辭職的時候。

⑵因個人因素，如生病或要繼承家業等等而想要辭職的時候。

注意點

⑴公司若有固定格式的話，就依照公司的格式來書寫。

⑵敘述客觀事實，避免感情用事。

⑶在前三個月表達辭職的意願以便公司尋找接手人員。

⑷辭呈約在前一個月提出，最晚也必須在兩個禮拜前。

⑸必須寫上辭職後的聯絡住址，以便辭職後一些手續的辦理。

22. 任免函（辞令）

目的

正確傳達公司決定的事項，如人事異動、調職等等。

書寫重點

要寫任免函的內容、日期、負責人的簽名。

参考例 1（人事異動令）

辞令

営業部営業課
中村則之殿

平成△△年 4 月 1 日をもって営業部営業課課長に**任命する**[1]。

平成△△年 4 月 1 日

株式会社ジャスコ産業
代表取締役社長
佐藤武　印

参考例 2（調職令）

辞令

名古屋支店支店長
中山邦宏殿

平成△△年 4 月 10 日をもって広島支店支店長を**命ずる**[2]。
なお、**赴任**にあたり[3]平成△△年 4 月 1 日から平成△△年 4 月 9 日まで、9 日間の**休暇**を与える。

平成△△年 3 月 31 日

中村株式会社
代表取締役社長
香取護　印

常用表現、句型

⑴「AをBに任命する」：任命或委派A為B

・社長は彼を営業部長に任命する。

・適任者を所長に任命する。

⑵「～を命ずる」：任命或委派為……；命令……

・課長を命ずる。

・休職を命ずる。

⑶「～にあたり」：……時候

・生産にあたり、予想以上に困難な事態が起こってしまった。

・海外に派遣されるにあたり、パスポートを取得する。

單字

任命する	にんめいする	任命
命ずる／命じる	めいずる／めいじる	任命、命令
休暇	きゅうか	放假

使用場合

⑴傳達公司如人事異動、懲戒處分等決定事項時。

⑵公司要求提出切結書的時候。

⑶公佈錄取員工的時候。

注意點

⑴人名要和戶籍上記載的相同。

⑵懲戒的處分依照公司內部之規定，要明確記述處分的理由。

⑶切結書和身分證明書必須寫上出生年月日及住址。

公司外部文書

公司外部文書一般分成「業務文書」和「社交文書」。「業務文書」是應工作上的需求將必要的內容及情報寄給外部公司來使交易順利進行的文書，一般可分成四大類：像「佈告函（案内状）」等這種將公司內部決定的事項通知外部的文書；像「委託函（依頼状）」等將自己的要求告訴對方，希望給予方便或得到對方回答的文書；像「回覆書（回答書）」等配合對方要求並將自己的意願和方針傳達的文書；像「確認書（確認書）」等溝通彼此想法，確認各自在業務上所交涉條件的文書。

不管是哪一種「業務文書」都有它的目的所在，爲了達到目的必須將事實正確簡潔地寫出並將情報確實地傳達。還有，站在對方立場思考、不感情用事、冷靜地傳達等等這些態度在「業務文書」上是不可或缺的。有的情況會需要向對方表達抗議、反駁、拒絕，此時必須注意內容要客觀，避免給予對方不愉快的印象。

另一方面，「社交文書」是社交禮儀的文書，用在受到客戶或個人照顧時，以公司的立場來表達當下心情的場合。還有，其所記載的內容會被認爲是公司的立場，因此要謹愼應對。它和「業務文書」最大的不同在於能增進和其他公司之間的溝通，並讓對方覺得跟己方之間的關係良好。此種文書多用直寫方式。

「社交文書」或是「業務文書」都和公司的信用有很大的關係，特別是禮儀性的文書。此時，需注重禮貌且要讓對方感受到誠信。想要不失禮節就必須用正確的敬語並設身處地爲對方著想。

關於婚喪喜慶或是探病的書信要避免錯過時機，否則會失去其意義。用隨便的態度來書寫的話會帶來反效果。還有，像結婚的時候用「離れる・別れる・切れる・出る・破れる・戻る・割れる」，生病、探病的時候用「消える・終わる・弱る・繰り返す・散る・重ね重ね」這樣表不好預兆的語句會和對方關係惡化，因此要避免使用。

有關「業務文書」和「社交文書」的種類將在下個章節做介紹。

業務文書

1. 邀請函（案內狀）

目的

通知活動的訊息，讓對方有興趣來參加。

書寫重點

要寫季節的問候語、平常的感謝、邀請的內容、後文。

參考例（公司説明會邀請函）

平成△△年7月11日

関係者各位

会社説明会のご案内

拝啓　時下ますますご清栄のこととお喜び申し上げます。

さて、本年もまた、採用試験の時期が近づいてまいりました。弊社の経営方針・業務・将来への**展望**などを深くご理解いただけるよう、説明会を下記のとおり**開催する**ことにいたしました。

皆様のご参加を心よりお待ちしております。

敬具

記

1. 日時　7月30日（土）、午後3時から5時まで
2. 場所　弊社の会議室
3. 内容　⑴ 社長あいさつ
　　　　⑵ 組織の紹介
　　　　⑶ 業務内容の**概要**
　　　　⑷ 来年度の採用について
　　　　⑸ **懇親会**

なお、参加ご希望の方は、入場は無料ですが、本状を受付にて[1]必ずご提示ください。

以上

常用表現、句型

⑴「～にて」：文章用語。用……（手段、方法）；因……（原因、理由）；在……（場所、時候）

・取り急ぎメールにて失礼致します。

・病気にてしばらく休職させていただきます。

・旅行先にてご挨拶申し上げます。

單字

清栄	せいえい	清綏、時綏
展望	てんぼう	展望
開催する	かいさいする	召開、舉辦
概要	がいよう	概要
懇親会	こんしんかい	聯歡會

使用場合

⑴自家公司舉行折扣大拍賣、新產品發表會、公司說明會、促銷宣傳等等活動的時候。

⑵將活動發表會、展覽會等等情報傳達給各方的時候。

注意點

⑴為了讓對方有興趣，要以對方的立場來思考設計。

⑵明確敘述舉辦的目的、日期、場所、須帶物品等等情報。

⑶邀請函要在兩週前寄送。

⑷場地若不好找的話，要附加地圖，不要造成對方的困擾。

2. 交涉、協議函（交渉・協議状）

目的

為了得到彼此都能滿意及信服的結論。

書寫重點

要寫季節的問候語、平常的感謝、交涉的內容、交涉的理由、交涉內容的細節、後文。

参考例（交渉提高價格）

平成△△年6月1日

木下株式会社

営業部　西本健様

工藤株式会社

営業部　中野英男

納入価格改定のお願い

拝啓　貴社におかれましてはますますご**隆昌**のこととお慶び申し上げます。

さて、このたび、弊社の製品「元気でスリム茶」の価格に関して(1)お願いがあり、標題の通りご連絡申し上げます。**昨今**、原材料価格の高騰に伴い、現状の価格を維持することが困難となってきております。大変申し訳ございませんが、製品価格の改定をきたる7月1日**出荷分**より実施させていただきたいと存じます。諸般の事情をご**賢察**のうえ、誠に恐れ入りますが、なにとぞご理解・ご検討のほどよろしくお願い申し上げます。

まずは**書中**をもちまして(2)納入価格ご検討のお願いまで。

敬具

記

同封書類　新価格表　1通

以上

常用表現、句型

⑴「～に関して（は）」：關於……

・アフターサービスに関しては、一年間無償保証となっている。

・店員の接客態度に関して、毎月アンケート調査を行っている。

⑵「～をもちまして」：到……（為止）

・このプロジェクトは来月末をもちまして終了致します。

・本日をもちまして、販売を終了致しました。

單字

隆昌	りゅうしょう	興隆、繁榮
昨今	さっこん	最近、近來
出荷分	しゅっかぶん	出貨部分
賢察	けんさつ	明察、明鑒
書中	しょちゅう	書中、文中

使用場合

⑴如提高或調降價格、變更付款條件等這樣將己方的要求傳達給對方且希望得到對方理解的時候。

⑵希望進行新交易的時候。

⑶當業務或交易上有變更的時候。

注意點

⑴明確表示交涉的目的或理由，使對方更加理解。

⑵交涉的內容要正確，並且準備具體的實施方法和資料以便馬上進行。

⑶爲使正式交涉能成功，要尊重對方利益，且在書面上客氣地向對方傳

達自己的要求。

⑷列舉雙方都能夠獲益的具體數字。若有對對方不利的情況，要向對方敘述不得已的理由。

3. 詢問函（照会状）

目的

簡明易懂地提問，希望得到正確詳細的回答。

書寫重點

要寫季節的問候語、平常的感謝、詢問的請求、想詢問的內容、詢問內容的細節、後文。

參考例（詢問庫存狀況）

平成△△年8月10日

工藤株式会社

営業部　中野英男様

木下株式会社

営業部　西本健

在庫のご照会

拝啓　貴社におかれましてはますますご盛業のこととお慶び申し上げます。日頃は格別のご高配を賜り、厚くお礼申し上げます。

さて、先日発売開始の「元気でスリム茶」についてですが、非常に人気が高く、売れ行きも当初の予想を大幅に**上回って**おります。入荷した400個もすでに**品薄状態**となっております。つきましては、追加で300個の**発注**をお願いしたいのですが、可能でしょうか。もし、難しい場合、弊社に納品していただける個数でもかまいません[(1)]ので、現状をお知らせください。

ご多忙中のところ[(2)]、お手数ですが、至急書面にてご返答くだされば**幸甚**に存じます。

まずは取り急ぎ在庫のご照会まで。

敬具

常用表現、句型

(1)「～でもかまいません」：即使……也沒關係

- 身分証明書の受け取りは代理人でもかまいません。
- 所定用紙に記入するときは、鉛筆でもかまいません。

(2)「～中のところ」：正在……的時候

- 会議中のところ、失礼致します。
- お仕事中のところ、お手数ですが決済書類をご確認ください。

單字

盛業	せいぎょう	生意興盛
高配	こうはい	關懷
上回る	うわまわる	超過、超出
品薄状態	しなうすじょうたい	存貨少或缺貨狀態
発注	はっちゅう	訂購、訂貨
幸甚	こうじん	幸甚、十分榮幸

使用場合

⑴詢問在業務上不清楚的地方，希望對方提供情報的時候。

⑵想知道關於交易條件、企業或人物的信用狀況、庫存、訂單內之細節的時候。

注意點

⑴將想知道的理由明確傳達，同時表達給對方添麻煩的歉意。

⑵註明回答期限和方法，用附加回郵信封的方式來減低對方的負擔。

⑶即使是理所當然的情況，若會增加對方調查確認的時間，就要表達歉意。

⑷第一次詢問的對象或是對方沒有回答義務的情況，必須要更加客氣地請託。

4. 回覆書（回答書）

目的

將對方想知道的事情正確迅速且客氣地回答，以使對方了解。

書寫重點

要寫季節的問候語、平常的感謝、針對詢問所做的回答主旨、具體的回答。

參考例（回答商品未寄達的詢問）

平成△△年 4 月 13 日

木下株式会社

営業部　西本健様

工藤株式会社

営業部　中野英男

商品未着についてご照会の件（回答）

拝復　貴社ますますご清栄のこととお慶び申し上げます。日頃は格別のご**愛顧**を賜りまして誠にありがとうございます。

さて、4 月 10 日付の貴信を拝読いたしました。ご注文の「元気でスリム茶」の納品が遅れているとのこと、幾重にもお詫び申し上げます(1)。なにとぞご**容赦**くださいますようお願い申し上げます。

さっそく調べました結果、予想以上の人気をいただきまして、「元気でスリム茶」の在庫が**枯渇している**ところに(2)、注文が殺到したため、**納期**に数日の遅れが生じていることが判明いたしました。

つきましては、さっそく明日午後着の便でそちらに届きますよう発送手配をいたしました。今後は二度とこのような**不手際**を起こさないようにいたします。これからも引き続きご愛顧のほどよろしくお願い申し上げます。

まずは、取り急ぎ書中をもちましてご回答まで。

敬具

常用表現、句型

(1)「（お／ご）～申し上げます」：說……；提及……

・お礼申し上げます。

・ご説明申し上げます。

(2)「～ているところに」：正在……的時候

・夕食を作っているところに、電話がかかってきた。

・絶望しているところに、親友から温かい励ましをもらった。

單字

愛顧	あいこ	惠顧、光顧
容赦	ようしゃ	原諒、寬恕
枯渇する	こかつする	（貨物、資金等）缺乏
納期	のうき	繳納期限
不手際	ふてぎわ	不精巧、不漂亮

使用場合

(1)對顧客或交易對象所提出的疑問做回答的時候。

(2)回答對方詢問，如交易條件、人事、庫存、信用等等的時候。

注意點

(1)因是回答對方的詢問，所以起頭語使用「拝復」。

(2)對對方想知道的事情做客觀的回答，而無法回答的問題則用委婉方式拒絕。

(3)若無法立即回答的話，要告知對方需要一些時間，希望之後再回答。

⑷ 有疏失時，不隱藏錯誤、不找藉口，要迅速找出發生錯誤的原因及解決方法等等以示誠意。

5. 通知書（通知書）

目的

將通知用的文書留做紀錄以便自家公司業務順利進行，並和對方保持良好的關係。

書寫重點

要寫季節的問候語、平常的感謝、通知的內容、通知的細節、後文。

參考例（商品出貨通知）

平成△△年 8 月 4 日

稲村株式会社

営業部　小松弘之様

高橋株式会社

営業部　片山佑介

商品発送のお知らせ

拝啓　時下ますますご**盛昌**のこととお慶び申し上げます。日頃は**一方ならぬ**ご厚情を賜り、心よりお礼申し上げます。

さて、去る8月1日付でご注文いただきました赤ワイン10本、白ワイン20本、ウィスキー5本を、本日、青空運輸にて発送いたしました。ご**査収**ください。

なお、**同封**の受領書につきましては、内容をご確認のほどよろしくお願い致します。ご確認いただきましたら、お手数ですが[1]、弊社営業部宛にご返送ください。これからも弊社製品をご愛顧のほど、よろしくお願い申し上げます。

敬具

常用表現、句型

(1)「お手数ですが、～」：費事……；費心……；麻煩……

・お手数ですが、サービスセンターまでご連絡ください。

・お手数ですが、契約の内容をご確認のほどお願い申し上げます。

單字

盛昌	せいしょう	昌盛
一方ならぬ	ひとかたならぬ	特別、格外、分外
査収	さしゅう	驗收、查收
同封	どうふう	隨信附上

使用場合

(1)想要正確傳達，如寄送資料、公司或住家遷移、採用或不採用的通知等等事情給客戶的時候。

(2)因公司內部情況的改變，必須將情報迅速傳達給客戶的時候。

注意點

(1)以 5W1H 爲思考基礎，要客氣地敘述，避免帶給對方不愉快。

(2)在不造成對方業務困擾的情況下迅速地傳達。

⑶標題要能讓對方一目瞭然，數字等等要客觀正確。

⑷若該通知不利於對方，必須具體而簡潔地寫出理由和經過。

6. 申請函（申込状）

目的

目的在於向公司或交易對象表達想要交易或申請參加活動的意願。

書寫重點

要寫季節的問候語、平常的感謝、申請的內容、申請的細節、後文。

參考例（請求新交易）

平成△△年 5 月 15 日

森田株式会社

営業部　中山真一様

田仲株式会社

営業部　野田誠

新規お取引のお願い

拝啓　貴社におかれましてはますますご**隆昌**のこととお慶び申し上げます。

突然、お手紙を差し上げまして、誠に申し訳ございません。本日は貴社との新規お取引をお願いいたしたく、本状を差し上げた次第[(1)]です。

弊社は平成元年の**創業**以来、**多分野**の書籍、和書、洋書、写真集等の本の販売をはじめ、DVD・CD・ビデオ・ゲームソフト・パソコンソフト等、あらゆるメディアの**格安**な販売をいたしております。

つきましては、多分野の書籍の出版に**実績**のある貴社とお取引させていただきたく、ここに謹んでお願い申し上げる次第です。

弊社の会社概要や、販売商品のカタログ等の資料を同封いたしました。ご**高覧**の上、ご高配を賜りますよう、よろしくお願い申し上げます。

まずは書中にて失礼ながら[(2)]何卒よろしくお願い申し上げます。

敬具

常用表現、句型

(1)「～次第」：……縁由；……情形；經過……

- 大雪のため、会議に遅れた次第です。
- 今後のご活躍、ご健闘をお祈り致す次第でございます。

(2)「～ながら」：雖然；儘管

- 小さいわが社ながら、よくここまでやってこられた。
- 注意していながら間違えた。
- 勝手ながら都合によりしばらくお休みさせていただきます。

單字

隆昌	りゅうしょう	興隆、繁榮
創業	そうぎょう	創業
多分野	たぶんや	多領域
格安	かくやす	格外價廉
実績	じっせき	實際成效、工作成績
高覧	こうらん	閲覽、垂覽

使用場合

⑴想向對方提出新交易的時候。

⑵向第三者請求引薦交易對象的時候。

⑶想申請參加展示會等活動的時候。

注意點

⑴簡潔地傳達申請的理由。

⑵用謙虛的態度和熱情來得到對方的理解。

⑶對初次交易的對象除了用文書之外，也要用電話或訪問方式來表示誠意。

7. 確認書（確認書）

目的

爲了將口頭傳達的事情或重要文書做再一次的確認。

書寫重點

要寫季節的問候語、平常的感謝、確認的主旨、確認的細節、後文。

参考例（接受電話訂貨的確認）

平成△△年9月13日

津島株式会社

営業部　中藤亮介様

伊藤株式会社

道広雅弘

注文内容のご確認

拝啓　貴社ますますご隆昌のこととお慶び申し上げます。平素は**格段**のお引き立てを賜り厚くお礼申し上げます。

さて、このたびは9月12日（月）午後3時、電話にて貴社の松田弘子様よりご注文いただき、厚く御礼申し上げます。

つきましては、改めて、商品名および価格・数量・**納期**等を書面にて下記のとおり確認させていただきたく、ご連絡申し上げます。

なお、万が一[(1)]**相違**がございました場合、お手数ですが、弊社の営業部まで至急[(2)]ご連絡くださいますよう、お願い申し上げます。

敬具

記

商品名　洋酒3本セット

価格　4,000円（税込）

数量　50セット

納期　9月26日（月）

以上

常用表現、句型

⑴「万が一～」：萬一……

- 貯金は万が一のときに使うお金です。
- 万が一トラブルに巻き込まれたら、警察に連絡したほうがいい。

⑵「至急～」：馬上……；趕快……

- お客様からのクレームがあったら、至急報告してください。
- ご迷惑をおかけすることになると思いますが、至急お願いいたします。

單字

格段	かくだん	特別、非常、格外
納期	のうき	繳納期限
相違	そうい	不同、差異

使用場合

⑴想要確認付款條件、訂單內容、交貨日期等等的時候。

⑵當發生和契約條件不同狀況而想確認的時候。

⑶在口頭約定後想做文書確認的時候。

注意點

⑴由於目的是確認，要簡潔且不遺漏地書寫。

⑵確實地傳達數字和日期。

⑶正確記述想確認的事情，用條例式的寫法讓對方易於回答。

⑷若要求對方回信的話，更要客氣地書寫。

8. 承諾函（承諾狀）

目的

⑴為了保持和對方的良好關係。

⑵為了以承諾、交換條件來做爲交涉手段。

書寫重點

要寫季節的問候語、平常的感謝、承諾的主旨、承諾的細節、後文。

参考例（承諾變更交易條件）

平成△△年 11 月 8 日

中山株式会社
営業部　寺井博史様

山下株式会社
宮崎真一

支払条件変更の**承諾**について

拝啓　時下ますますご隆昌のこととお慶び申し上げます。平素は格段のお引き立てを賜り厚くお礼申し上げます。

さて、11 月 5 日付にて、取引条件変更の件につきまして、急遽社内にて検討をいたしました結果、貴社とのお取引を今後とも**順調**に進めてまいりたく、今回に限りご事情を**考慮して**承諾申し上げることにいたしました[(1)]。

しかし、弊社は原料価格や人件費の高騰、**長引く**不況などで厳しい経営状態になっており、**来期**につきましては、支払条件を従来の通りに戻していただきたく、ご賢察のほどお願い申し上げます。

まずは取り急ぎ書面にてお返事まで。

敬具

常用表現、句型

⑴「～ことに致す」：決定……

・このたびお陰様をもちまして開店することに致しました。

・このたび長引く赤字で不本意ながら閉店することに致しました。

單字

承諾	しょうだく	同意、承諾、答應
順調	じゅんちょう	順利
考慮する	こうりょする	考慮
長引く	ながびく	拖延、進展緩慢
来期	らいき	下一期

使用場合

⑴對於對方的請託，像訂單、延遲交貨日期等等表示接受的時候。

⑵對於對方的要求做部分承諾的時候。

注意點

⑴承諾函在法律上有約束力，因此在決定之前要愼重地思考。

⑵到做出承諾爲止必須簡潔地敘述，明確承諾的範圍，避免模糊不清的表達。

⑶設定條件變更的期間，以避免日後公司受損失。

9. 拒絕函（断り状）

目的

爲了傳達自己不想傷害對方感情及希望今後繼續交易往來的心意。

書寫重點

要寫季節的問候語、平常的感謝、拒絕的主旨、拒絕的理由、替代方案、後文。

參考例（拒絕保證人請託）

平成△△年 12 月 24 日

上野株式会社

営業部長　山本優太様

田中株式会社

総務課長　尾崎靖男

保証人のご依頼について

拝啓　時下ますますご清祥のこととお喜び申し上げます。

さて、12 月 14 日付の貴信を拝見しました。保証人を御依頼とのことですが、申し訳ありませんが、お断り致します。できることなら、**貴志**に添わせて頂きたく存じますが、以前に**事情**がございまして、一切保証人の御依頼は御遠慮申し上げています。そんなわけですので、どうか御賢察のうえ(1)、御了承賜りたく存じます。

せっかくの**お申し越し**にお応えできず、大変心苦しく思いますが、何卒悪しからず(2)ご了承ください。

まずは取り急ぎ書中にてお詫びかたがたお返事まで。

敬具

常用表現、句型

⑴「～のうえ」：……之後；……結果

・万障お繰り合わせのうえご出席下さい。

・注文内容をご確認のうえ、ご購入ください。

⑵「悪しからず～」：不要見怪……；原諒……

・どうか悪しからずご了承願います。

・開幕式には出席できませんが、どうぞ悪しからずご了承ください。

單字

貴志	きし	您的意圖
事情	じじょう	情況、內情、緣故
お申し越し	おもうしこし	您提出的要求

使用場合

⑴對於對方的請求，如保證人的請託、訂單的請託等等無法做出回應時。

⑵無法接受對方條件的時候。

⑶拒絕對方的要求後，希望對方能了解己方立場的時候。

注意點

⑴要盡早回信，若太晚回信的話會給對方留下不好的印象。

⑵爲了避免傷害對方感情，所以在言語上要謹慎。

⑶在理解對方的立場、苦處之下，說明己方是在充分地檢討之下且有不得已的苦衷才拒絕的理由，並傳達遺憾的心情。

⑷若有替代方案的話要向對方提出，並以能讓雙方滿意爲前提。

10. 請款單、估價單（請求状・見積書）

目的

爲了催促對方在期限之前支付貨款。

書寫重點

要寫季節的問候語、平常的感謝、請求或估價的主旨、請求或估價的細節、後文。

参考例 1（商品貨款的請款單）

平成△△年 7 月 20 日

田中株式会社

経理部　片桐雄一様

山下株式会社

青山一郎

商品代金ご請求の件

拝啓　時下ますますご**清勝**のこととお慶び申し上げます。平素は格別のご**厚情**を賜りましてありがたくお礼申し上げます。

さて、パソコン 2 台の**代金**の請求書を作成しましたので、お送りいたします。代金は、別紙のとおり合計 210,000 円となります。ご確認ください。

つきましては、8 月 31 日までに下記の通りお振込みくださいますよう、お願い申し上げます。なお、ご不明なところがございましたら、弊社の経理課までお問い合わせください。

今後とも変わらぬお引き立てのほど謹んでお願い申し上げます。

敬具

記

ご請求金額：210,000 円

振込先：△△銀行△△支店

口座番号：当座預金△△△△△△

名義：山下株式会社

＊誠に失礼とは存じますが、お振込み手数料はご負担ください。

以上

參考例 2（商品貨款的請款單）

請求番号 213－485　　　　平成△△年 7 月 20 日

ご請求書

田中株式会社　御中

山下株式会社　**社印**

〒150-0000

東京都渋谷区△△△△

TEL.03-1234-5678

FAX.03-1234-5678

下記のとおりご請求申し上げます。

合計金額　¥210,000.（消費税等込）

月	日	項　目	数量	単価	金　額
7	10	パソコン	2	100,000	¥200,000

備考		
お振込み手数料のご負担をお願いいたします。	小計	¥200,000
	消費税等	¥10,000
	合計	¥210,000

參考例 3（商品的估價單）

平成△△年 7 月 20 日

野村株式会社

松下俊夫様

佐々木株式会社

佐々木敏子

「宇治煎茶」の御見積書

拝啓　大暑の候、ますますご**清祥**のこととお慶び申し上げます。平素は格別のお**引立て**を賜り厚くお礼申し上げます。

さて、このたびは 7 月 10 日付の貴信により弊社製品「宇治煎茶」についてお問い合わせいただき、誠にありがとうございました。

さっそくですが[1]、下記の通り御見積書を作成いたしましたので、ご検討の上、ぜひご**用命**くださいますようお願い申し上げます。

まずは、お礼**かたがた**お返事まで。

敬具

記

1. 取引価格　単価　1,050 円（税込み）
2. 数量　50 個
3. 支払条件　現品到着後 90 日
4. **運賃諸掛**　弊社負担

以上

參考例 4（商品的估價單）

見積番号　111-1234　　　　平成△△年 7 月 20 日

御見積書

野村株式会社　御中

合計金額　￥52,500.－

佐々木株式会社　社印

〒120－0000

東京都足立区△△△△

TEL.03-2341-9934

FAX.03-2341-9934

（消費税等込）

品名	数量	単位	単価	金　額	備　考
宇治煎茶	50	個	1,000	￥50,000	
小　　計				￥50,000	
消費税				￥2,500	
合　　計				￥52,500	

常用表現、句型

⑴「さっそくですが、～」：馬上（進入正題）……

- さっそくですが、本題に入らせていただきます。
- さっそくですが、説明会を始めたいと思います。

單字

清勝	せいしょう	健康、康泰
厚情	こうじょう	厚情
代金	だいきん	貨款
清祥	せいしょう	康泰
引立て	ひきたて	提拔、關照
用命	ようめい	吩咐、訂購
かたがた		順便
運賃諸掛	うんちんしょがかり	運費各種費用

使用場合

⑴請求對方給付商品貨款的時候。

⑵針對商品議價，提出價格上條件的時候。

注意點

⑴請求書或估價單的書寫方式要簡潔易懂。

⑵價格、數量、日期等等數字要正確無誤。

⑶除了請求書或估價單之外，也要附上說明信函。

⑷要向對方傳達感謝的心情。

11. 催促函（督促状）

目的

爲了要求對方履行契約。

書寫重點

要寫季節的問候語、催促的主旨、催促內容的再次確認、今後的應對、後文。

參考例（商品貨款的催促函）

平成△△年 6 月 20 日

野田株式会社

営業部　高橋和夫様

今井株式会社

総務部　片山耕太

商品代金のお支払について

拝啓　貴社ますますご**繁昌**のこととお喜び申し上げます。平素より、弊社をお引き立ていただき厚く御礼申し上げます。

さて、6 月 1 日付でご購入いただきました商品の代金につきまして、入金確認ができておりません。お手数とは存じますが、ご送金済み(1)かどうかをご確認ください。

手違いなどで未送金の場合、来る７月1日までにお振込みください。また、お振込みの際は(2)、同封の振込用紙をご利用ください。

なお、お振込みが**本状**と行き違いになってしまいましたら、何卒ご容赦ください。

失礼ながら、取り急ぎお願いまで。

敬具

常用表現、句型

⑴「～済み」：……完了；已經……

・登録済みの会員はたくさんの特典を受けることができます。

・使用済みの針は回収する必要がある。

⑵「～の際（は）」：……時候

・ご利用の際はお手数ですが、事前に説明書をお読みください。

・ご注文の際は、商品名・数量・お届け先・連絡先などを正確にお書きください。

單字

繁昌	はんじょう	繁榮、昌隆
手違い	てちがい	差錯
本状	ほんじょう	此信

使用場合

⑴在期限之前無法出貨、支付貨款等等的時候。

⑵如商品的費用、借款的支付等，因對方不履行契約而想要催促及做確認的時候。

注意點

⑴將交易及契約的情況做客觀的敘述並催促對方履行義務。

⑵不採強硬的措施，在客氣之中仍要顯示出毅然決然的態度。

⑶要尊重對方的立場，並請求對己方的諒解。

⑷若對方無法回應時，要告知對方自己的難處。另外，再三催促的場合要留副本以做證據。

12. 抗議函、反駁書（抗議状・反駁状）

目的

希望對方理解己方的立場以解決問題。

書寫重點

要寫問候、抗議反駁的主旨、抗議反駁的根據、雙方認知的確認。

参考例 1（抗議廢除契約）

平成△△年 10 月 4 日

福島株式会社
営業部長　中村栄太様

山本株式会社
営業部長　鈴木武弘

契約破棄の件について

拝啓　貴社ますますご隆盛のこととお慶び申し上げます。

さて、平成△△年 9 月 15 日付の営業委託契約について、貴社より一方的な**破棄**の連絡を頂きましたが、誠に遺憾でございます。

営業委託契約は、貴社からの申し出によるものであり、当社ではご要望に合わせて(1)努力して参りましたが、契約破棄という形になったことは、弊社としては納得致しかねます(2)。

また、契約破棄に伴う損害については、貴社との契約どおり賠償して頂きたく存じます。

契約の厳守はビジネス上の義務ですので、今後は万全の**処置**をとっていただきますよう、**重ねて**お願い申し上げます。

敬具

参考例 2（反駁退貨的抗議）

平成△△年 3 月 17 日

高橋紀子様

池田株式会社

新宿店店長　高津圭子

お客様からのお申し出について

拝啓　時下ますますご清祥のこととお喜び申し上げます。

さて、店員の接客態度並びに[(3)]、婦人用スーツの返品の件につきまして、ご回答申し上げます。

まず、弊社新宿店の店員が返品ご対応の際、高橋様がご**不快**な思いをされた件ですが、本人に確認しましたところ、言葉の**行き違い**で多少乱暴な言葉遣いになってしまったとのことでした。本人も深く反省しております。今後このようなことのないよう、**自覚**を持って業務にあたるよう指導して参る所存でございます。どうぞお赦しくださいますよう、お願い申し上げます。このたびは誠に申し訳ございませんでした。

次に、商品ご返品の件でございますが、返品・返金につきましては、七日間に限って承っております。その旨は**店舗**でもわかりやすい場所に明示しており、またお買い上げの際にも店員より**口頭**で説明させて頂いております。

高橋様から返品のお申し出のあった 3 月 15 日は、お買い上げ頂いた 3 月 3 日より七日以上が経過しており、大変申し訳ございませんが、返品・返金のお申し出は承りかねます。

以上、事情をご賢察の上、ご了承くださいますよう、お願い申し上げます。

敬具

常用表現、句型

⑴「～に合わせて」：配合……

・新商品の発売に合わせて宣伝活動を行う。

・お客様のニーズに合わせてプランを紹介する。

⑵「～かねます」：不能……；難以……

・お買い上げ後は、返金及び交換はお受け致しかねます。

・新商品の情報はお答え致しかねます。

⑶「A＋並びに＋B」：A和B

・新入社員の募集要項並びに選考基準についてはホームページに掲載してあります。

・販売社員ならびに営業管理、企画等の関連職務人材を募集中です。

單字

破棄	はき	毀棄、作廢
処置	しょち	措施、處理
重ねて	かさねて	再一次、重複
不快	ふかい	不悅
行き違い	ゆきちがい	差錯、相左
自覚	じかく	自覺、覺悟、意識
店舗	てんぽ	商店、店鋪
口頭	こうとう	口頭

使用場合

⑴如付款交貨等的延遲、訂單取消、退貨、不履行契約等等這些由於對方的錯誤而蒙受損害的時候。

⑵在對方誤解抗議的情況下，欲主張己方正當性的時候。

注意點

⑴發生問題時，多用詢問函或催促函。若對方未給予回應時，再寄送抗議函。

⑵考慮雙方往後的關係，理論性地示出抗議根據，以期得到對方的理解。

⑶向對方提出具體要求，讓對方理解該怎麼做。

⑷抗議函有可能成爲日後訴諸法律途徑時的依據，因此日期、金額、數量、條件等等要詳細正確地記述。

13. 道歉函（詫び状）

目的

⑴直接地道歉，使對方息怒以解決問題。

⑵釋出誠意來修復彼此之間的信賴關係。

書寫重點

要寫問候、道歉的主旨、責任的歸屬、今後的應對、後文。

參考例（寄送瑕疵品的道歉函）

平成△△年6月30日

東山株式会社

営業部　伊藤新太郎様

藤田株式会社

商品部　本田啓造

不良品のお詫び

拝啓　貴社におかれましては(1)ますますご隆盛のこととお慶び申し上げます。平素は格別のご愛顧を賜り、厚くお礼申し上げます。

さて、6月10日付で納品いたしました弊社商品「快適布団セット」に一部**不良品**が**混入していた**とのこと、誠に申し訳ございません。さっそく、**全数**検査をしたものを速配にて配送いたしました。弊社では、**原因究明**のため貴社へ納入致しました不良品を回収させていただきたいと考えております。返品に際して生じた費用に関しましては、当社にご請求くださいますようお願いいたします。

今後は二度とこのような不始末を生じないよう、細心の注意を払ってまいりますので、今回に限りご容赦のほど、よろしくお願い申し上げます。

敬具

常用表現、句型

(1)「～におかれまして（は）」：（尊敬表現）關於……

・ご購入のお客様におかれましては、恐れ入りますが、下記の問い合わせ先にご連絡ください。

・皆様方におかれましては、どうぞお体ご自愛の上、ご活躍下さい。

單字

不良品	ふりょうひん	瑕疵品
混入する	こんにゅうする	摻入
全数	ぜんすう	全數
原因究明	げんいんきゅうめい	調查原因

使用場合

⑴因己方引發的意外或錯誤，如延遲交貨、請款單書寫有誤等等這些事想向對方道歉的時候。

⑵接受抗議而沒有反駁餘地的時候。

⑶因公司或員工的醜聞帶給社會困擾的時候。

注意點

⑴在道歉函寄出後，最好再用電話等方式直接向對方致歉。

⑵若是己方的錯誤，要明確表示責任歸屬並誠心誠意地道歉。

⑶道歉之後具體地敘述原因、背景、理由，承諾今後的應對方式，並承諾不再犯同樣的錯誤。

14. 訂購函（注文書）

目的

爲了向交易對象取得商品和書籍等等。

書寫重點

要寫問候、商品名稱、數量、價格、出貨日期、交付場所、運送方式、運費的負擔、付款條件。

參考例（一般的訂貨）

平成△△年 9 月 30 日

大崎株式会社
営業部　花田三郎様

西山株式会社
営業部　古川亮助

注文書

拝啓　貴社におかれましてはますますご盛業のこととお慶び申し上げます。平素は格別のご高配を賜り厚くお礼申し上げます。

さて、貴社製品について、社内で検討いたしました結果、貴社にお願いすることになりましたので、下記のとおりご注文申し上げます。7 月15 日までに(1)お届け下さいますよう、よろしくお願いいたします。

とりあえず、書中にてご注文まで。

敬具

記

1. 品名／数量／単価
   宇治茶ギフトセット　10 セット／3,800 円（税込み）
   新茶ギフトセット　10 セット／3,500 円（税込み）
   銘茶ギフトセット　10 セット／4,000 円（税込み）
2. **総額**　113,000 円
3. 納入場所　△△デパート　広島駅前支店
4. 納期　平成△△年 10 月 22 日
5. 運送方法　貴社に**一任**
6. **運賃諸掛**　貴社ご負担
7. 決済方法　貴社の支払い方法に準ずる

以上

常用表現、句型

⑴「～までに」：在……之前完成……

・会費は月末までにお支払いください。

・来週までに計画書を完成させてください。

單字

銘茶	めいちゃ	上等茶葉
総額	そうがく	總額
一任	いちにん	委託、交給
運賃諸掛	うんちんしょがかり	運費各種費用

使用場合

⑴決定購買商品或取消訂單的時候。

⑵用對方的估價下訂單的時候。

⑶用己方希望的金額去購買商品的時候。

注意點

⑴明記商品名稱、商品代號、數量、交貨日期等項目。

⑵在充分思考之後下訂單，以避免輕易下訂單或取消所造成的契約問題。

⑶簡潔地敘述，並向交易對象表達感謝的心情。

⑷若對方回應的話要向其致謝。

15. 契約書（契約書）

目的

用契約書來明確交易條件以避免之後發生交易糾紛。

書寫重點

要寫契約內容、當事者的姓名和住址、契約書之所在、日期、印花稅。

参考例（買賣契約書）

収入印紙

売買契約書

委託者青山株式会社（以下「甲」という）と受託者高橋株式会社（以下「乙」という）との間に、以下のとおり商品の売買契約を締結する。

第一条　次に表示の契約商品は甲が**売り渡し**、乙が買い受ける。
　品名　**冷却**マット クールジェルマット
　数量　20 個

第二条　売買代金は、金 120,000 円とする。

第三条　甲は、本商品を平成△△年 6 月 1 日、乙の所在地に納入する。納入に要する費用は甲が負担する。

第四条　甲は商品の引渡しに当たって[(1)]、乙より商品の検査を受けなければならない。商品の受渡しは、この検査に合格した[(2)]ときに行うものとする。

第五条　甲は商品について、受渡し後 1 年間、引渡し前の原因によって生じた商品の品質不良・数量不足・変質等につき賠償の責に任ずる[(3)]。

（中略）

以上、本契約書**締結**の証として、本契約書を 2 通作成し、甲乙は署名押印のうえ、各自 1 通を**保有**するものとする。

平成△△年 5 月 22 日

（甲）　東京都品川区△－△－△
　大山株式会社
　代表取締役　大山祐介　印

（乙）　青森県弘前市△－△－△
　山崎株式会社
　代表取締役　山崎良夫　印

常用表現、句型

⑴「～にあたって」：當……的時候

・弊社サイトのご利用にあたっては、下記の事項を注意深くお読みください。

・契約するにあたって、条文を詳しく読む必要がある。

⑵「～に合格する」：考上……；……合格

・入社試験に合格した。

・この製品は検査に合格した。

⑶「～に任ずる」：任命為……

・社長は課長を部長に任じた。

・彼は営業部長に任じられた。

單字

売り渡す	うりわたす	出售、轉賣
冷却	れいきゃく	冷卻
締結	ていけつ	締結
保有する	ほゆうする	持有、擁有

使用場合

⑴兩家公司已確定訂立如商品的販賣或營業的委託等等契約的時候。

⑵雙方互相確認契約內容及目的的時候。

注意點

⑴依照法律書寫，不明確的地方找律師或代書等等專家商量以避免錯誤。

⑵將契約內容、有效期間、支付方法、損害賠償內容等用條例式書寫。

⑶當事者彼此各保管一封契約書。

16. 委任函（委任狀）

目的

為了將各種權限委託代理人處理。

書寫重點

要寫委託者的姓名住址、代理人的姓名住址、委託事項、簽名、蓋章。

參考例（申請證明書時的委任函）

委任状

代理人住所　東京都港区南麻布△－△△－△

代理人氏名　小寺和博

代理人生年月日　1960 年 5 月 8 日

代理人連絡先　△△△－△△△－△△△△

私は、上記の者を代理人と定め、下記の証明書の請求及び受領に関する[(1)]一切の権限を委任いたします[(2)]。

記

身分証明書　2 通

平成△△年 8 月 1 日

委任者住所　兵庫県神戸市中央区△－△－△

委任者氏名　野村義之

委任者生年月日　昭和△△年△月△日

委任者連絡先　△△△－△△△－△△△△　　印

常用表現、句型

⑴「Aに関するB」：關於A的B

・新商品に関する情報はホームページに掲載されている。

・返品に関するお問い合わせは下記のとおりです。

⑵「～を委任する」：委任……；委託……

・会議の議決は彼に全権を委任する。

・彼に部品購入等を委任する。

單字

受領	じゅりょう	領、收
一切	いっさい	一切、全部、都

使用場合

找代理人執行各種證明書的請求和申請的時候。

注意點

⑴委託專家的時候要依照指定格式書寫。

⑵委託事項必須詳細書寫，避免被人惡意使用。

社交文書

1. 問候函（挨拶状）

【季節問候】

目的

為使人際關係圓滑，在生意上保持良好的關係。

書寫重點

要寫問候語或平常的感謝、近況報告、噓寒問暖的話、署名。

參考例（賀年卡）

新春のお慶びを申し上げます

旧年中は大変お世話になり、深く感謝申し上げます。

皆様(1)のおかげで弊社も**社員一同**よい新年を迎えられたことを心から御礼申し上げます。

本年も何とぞ**引き続き**お引き立て下さいますよう、よろしくお願い申し上げます。

平成△△年一月一日

株式会社川崎

代表取締役

佐々木敬二

常用表現、句型

⑴「～のおかげで」：托……的福；多虧……的幫助

・皆さんのおかげで、このプロジェクトが建設的で実りのあるものになりました。

・通販のおかげで、出掛けずに買い物ができた。

單字

社員一同	しゃいんいちどう	全體職員
引き続き	ひきつづき	繼續、接著、連續

使用場合

⑴季節變換的時候。

⑵嚴寒問候是用在過了寄送賀年卡時期的時候。

⑶與中元節或年終送禮一起寄送的時候。

⑷想要用社交語言來保持人際關係的時候。

⑸爲了表示平常受到照顧的感謝心情時。

注意點

⑴寄送時不要錯過時機。

⑵傳達對平常受到照顧的感謝及希望往後能多加往來的心意。藉此來融洽人際關係，此時要避免自我宣傳。

⑶注重禮儀並簡潔整理出要點，避免使用禁忌用語。

⑷最好用手寫，若無法用手寫的話至少應親筆簽名。

⑸年終送禮時，書信要比禮物先寄達。

【社交問候】

目的

為了讓交易對象得知自家公司或個人情報的變更。

書寫重點

要寫季節的問候或平常的感謝、問候的主旨、問候的細節、往後的抱負、後文。

参考例（公司遷移的問候）

拝啓　時下ますますご隆盛のこととお慶び申し上げます。日頃は格別のご厚誼を賜り、厚く御礼申し上げます。

さて、このたび弊社は賃貸契約が満期となったため、左記の住所に移転することになりました。新しいオフィスは更に交通が便利となり、ご来訪くださる皆様に喜んでいただけることと存じます。

これをきっかけに社員一同、皆様のご期待に応えられる[1]よう、更に業務に邁進してまいりますので、今後とも皆様の一層のご指導・ご鞭撻を賜りますようお願い申し上げます。

まずは略儀ながら書中にてご挨拶申し上げます。

敬具

平成△△年四月一日

株式会社コスモス
代表取締社長　今井勝

記

新所在地　〒七〇〇―△△△
岡山県岡山市本町△丁目△番△号
電話番号　〇八六（二五六）△△△△
業務開始日　四月一日（火）九時

以上

常用表現、句型

⑴「～に応えられる」：能報答……；能回應……

・ご恩に応えられるように頑張りたいと思います。

・これは、お客様のニーズに応えられる商品です。

單字

隆盛	りゅうせい	興盛
厚誼	こうぎ	厚情、厚誼
賃貸契約	ちんたいけいやく	租賃契約
満期	まんき	到期
鞭撻	べんたつ	鞭策、激勵

使用場合

如公司的成立、公司的遷移、人事異動、退休等，當自家公司或自己的情報有變更的時候。

注意點

⑴一定要寫出平常的感謝和希望今後多加往來的心意，並向對方傳達敬意且告知對方自己往後的抱負。

⑵寄信的時候要一起寄給各個交易對象，不要錯過時機。

⑶對無法直接拜訪而只能用書面來問候這件事向對方道歉。

⑷若能親筆寫的話能提升好印象。如果無法做到的話，至少要親筆簽名。

2. 祝賀函（祝賀状）

目的

由衷地傳達喜悅的心情以維持工作上的人際關係。

書寫重點

要寫問候詞、祝賀語、對今後的期待、請求日後多加關照。

参考例（祝賀升遷）

平成△△年 3 月 20 日

大丸株式会社

営業部　坂本陽太様

大友株式会社

営業部　松山悠太

拝啓　貴社ますますご繁栄のこと、大慶に存じます。平素は、格段のお引き立てを賜り厚く御礼申し上げます。

さて、このたび広島支店長にご昇進されたとのこと、誠におめでとうございます[1]。

これもひとえに、坂本様のこれまでのご努力と、ご実績が高く評価されたものと拝察しております[2]。今後の坂本様のご活躍に**大いに**期待するとともに、**重責**を担われますことから、**プレッシャー**も多く何かとご苦労も多いかとは思いますが、くれぐれもご**自愛**ください。

まずは、取り急ぎ書中をもって、お祝い申し上げます。

敬具

常用表現、句型

⑴其他説法：

・△△に｛ご栄転／ご昇進｝なされました｛由／とのこと｝、心よりお祝い申し上げます。

⑵其他説法：

・これもひとえに、△△様の平素のご努力によるものと敬服いたしております。

・これもひとえに、△△様の仕事に対するご精励の態度とご努力が報われたものと拝察いたします。

單字

大いに	おおいに	非常、大
重責	じゅうせき	重責大任
プレッシャー		壓力、強制
自愛	じあい	保重（身體）

使用場合

⑴當對方發生像開店、新屋落成、升官、得獎等等這些，值得祝賀或令人高興之事時。

⑵配合祝賀時機，想讓自己和對方的關係更加良好時。

注意點

⑴要把握時機，一收到對方的邀請函或消息後要馬上回信。

⑵率直地傳達與對方感到共同喜悅的心情，避免用禁忌的詞語。

⑶讚賞對方的辛苦及努力，希望對方健康且在業界活躍。

3. 慰問函（お見舞い状）

目的

要眞心地慰問對方的遭遇，並使其振作起來。

書寫重點

要寫感到驚訝的心情、擔憂及慰問對方的話、提出援助的心意、後文。

参考例（交通意外事故的慰問）

平成△△年4月20日

大崎株式会社

経理部　今井愛子様

青山株式会社

営業部　永山陽一

急啓　今井様が事故に遭われたと伺い、突然のことにただただ**驚愕**しております。心からお見舞い申し上げます。

　お**怪我**が**大事**に至らず[(1)]よろしかったですね。充分に治療に専念され、お怪我が回復された折には[(2)]、またお仕事でご一緒できることを、心より願っております。

　なお、本日、少しでもお慰めできればとお見舞いの品を別便にてお送りいたしましたので、お納めくだされば幸いです。

　まずは取り急ぎ、**書面**にてお見舞い申し上げます。

草々

常用表現、句型

(1)「～に至らず」：沒達到……；不及……

・貴社との提携について、合意に至らず残念に思います。

・就活は内定に至らず、焦りが募っている。

(2)「～折（には）」：……的時候

・お引越しされる折にはぜひご連絡ください。

・詳しくは今度お目にかかった折に、お話しいたします。

單字

驚愕する	きょうがくする	吃驚
怪我	けが	受傷
大事	だいじ	大事件、重大問題、大禍
書面	しょめん	書信、文件、書面

使用場合

(1)當對方遇到如地震、火災、交通意外、遭竊等等這些意外、災害或是生病的時候。

(2)對方因生病、受傷而住院或停職的時候。

(3)想給予遭遇麻煩的對方在精神上鼓勵的時候。

注意點

(1)為了表一聽消息後緊急寫信的心情，要使用「急啓」「前略」「冠省」等起頭語。

(2)要有同理心絕對不問及對方病名、受害狀況等等隱私的事。

(3)若對方身心處於衰弱狀態時，勿使用禁忌的詞語。

⑷要先表現支持對方的態度，詢問對方有無需要幫助的地方。

⑸若對方受害的狀況非常嚴重，要等情況穩定之後再行慰問。

4. 道謝函（礼状）

【接受工作上協助等等的道謝函】

目的

感謝對方的盡力，加強在生意上的信賴關係。

書寫重點

要寫季節的問候或平常的感謝、具體的道謝內容、後文。

参考例（感謝對方寄送資料的謝函）

平成△△年4月1日

ライフ株式会社

調査部長　三上則之様

株式会社エンジェル

営業部長　上野章

拝復　時下ますますご清祥のこととお慶び申し上げます。いつも格別のご愛顧を賜り、心から御礼申し上げます。

さて、先日お願いしました資料ですが、お忙しい中早々にお送りいただきまして、誠にありがとうございます。

おかげさまで、弊社の今後の経営方針として勉強になるところが多く、大変参考にさせていただいております[1]。心より御礼申し上げます。

今後もいろいろとご指導を**仰ぐ**ことがあるかと存じますが、その**節**にはよろしくお願い申し上げます[2]。

まずは取り急ぎ、書中にて御礼申し上げます。

敬具

常用表現、句型

(1) 其他說法：

・今回の資料は△△に大変｛参考になる／役に立つ｝ものでございます。

(2) 其他說法：

・今後も何かとお願いすることがあるかと存じますが、その際にはよろしくお願い申し上げます。

單字

早々に	そうそうに	早早地
仰ぐ	あおぐ	仰望、請求
節	せつ	時候

使用場合

如交易對象的介紹、宣傳活動的協助等，在工作上得到方便或交易順利進行的時候。

注意點

⑴用自己的語言具體、率直地表示道謝的心情。

⑵把握時機，最好立刻寫、立刻寄出。

⑶只針對道謝的事，勿論及他事。

⑷表達只能用書面致意而不能當面致謝的抱歉心情。

【接受慰問或祝賀等等的道謝函】

目的

對於對方釋出的好意，要好好地道謝以維持良好的關係。

書寫重點

要寫季節的問候或平常的感謝、具體的道謝內容、後文。

參考例（感謝對方慰問病情的謝函）

平成△△年 6 月 10 日

大崎株式会社
経理部　今井愛子様

青山株式会社
営業部　永山陽一

拝啓　貴社ますますご**盛栄**のこととお慶び申し上げます。

さて　**私儀**　このたびの入院治療中はご多用中にもかかわらず(1)、**わざわざ**お見舞い頂き、厚くお礼申し上げます。

おかげさまで回復も早く、先日退院いたしまして、現在自宅にて静養中でございますが、来月の中旬ぐらいには仕事に復帰できるものと存じます。何卒ご安心ください。

一日も早く体調を整え、業務に支障のないよう、一層**精励する**所存でございます(2)ので、変わらぬご指導・ご支援のほどお願い申し上げます。

まずは、略儀ながら書面にて御礼申し上げます。

敬具

常用表現、句型

(1)「～にもかかわらず」：不論……；儘管……

・彼は大雨にもかかわらず、出勤する。

・毎日遅くまで営業したにもかかわらず、売り上げは全く伸びていなかった。

(2)「～所存でございます」：打算……

・これからいっそう実績を積み重ねて参る所存でございます。

・貴社に最大限の協力をしてまいる所存でございます。

單字

盛栄	せいえい	繁榮
私儀	わたくしぎ	個人的事
わざわざ		特意地
精励	せいれい	勤奮、勤勉

使用場合

如火災慰問、新屋落成典禮等，接受慰問或祝賀的時候。

注意點

(1)把握時機，愈早愈好。

(2)理由要明確。

(3)慰問時要給予鼓勵安慰的話；祝賀時要恭喜對方並傳達今後想多加往來的心意。

5. 介紹函（紹介状）

目的

希望自己爲對方所搭起的橋樑能順利進行，並增強雙方的信賴關係。

書寫重點

要寫季節的問候或平常的感謝、具體的介紹內容、後文。

參考例（繼任者的介紹）

平成△△年3月20日

島田株式会社
事業部　森本浩太様

山陽株式会社
営業部　寺島俊樹

拝啓　貴社ますますご繁栄のこととお慶び申し上げます。いつも格別のお引き立てを賜りまして、誠にありがとうございます。

さて　私儀　このたび**一身上の都合**により、3月31日をもちまして退職することとなりました。在職中、公私にわたり格別なご厚情にあずかり、心からお礼申し上げます。

つきましては後任の上田祐二をご紹介申し上げます。

上田はすでに6年にわたり営業に**携わり**、豊富な経験・知識と**熱意**を兼ね備え、必ずや[(1)]貴社のご期待に応えられるものと存じます。

ご多用のところ誠に恐れ入りますが、よろしくご**引見**・ご高配くださいますようお願い申し上げます。

まずは取り急ぎ書面にてご紹介まで。

敬具

常用表現、句型

⑴「必ずや～」：一定……

・わが社は近い将来、必ずや苦境を乗り越えられる。

・いつか必ずや成功してみせる。

單字

一身上の都合	いっしんじょうのつごう	個人情況
携わる	たずさわる	參與、從事
熱意	ねつい	熱情
引見	いんけん	接見

使用場合

像介紹交易對象、販賣公司等受人請託要親自引薦公司或人時。

注意點

⑴清楚表示被引薦者和自己的關係，並明確傳達介紹的理由及目的。

⑵將正確的事實做客觀的敘述，不過度褒貶。

⑶作爲對方判斷的情報要盡可能詳細敘述。

6. 推薦函（推薦状）

目的

用負責任的態度來製造雙方的良好關係。

書寫重點

要寫季節的問候或平常的感謝、具體的推薦內容、後文。

参考例（人物的推薦）

平成△△年 12 月 10 日

株式会社丸山新聞

編集部　香山信行様

岡田株式会社

営業部　梅田則之

拝啓　向寒の候、貴社ますますご繁栄のことと**大慶**に存じます。平素は、格段のお引き立てを賜り厚くお礼申し上げます。

さて、ご依頼の件ですが、適任者がおりましたので、ご推薦申し上げます。

その男性は 6 年ほど書店に勤務しておりますが、メディア関係の仕事に就きたいということで、現在マスコミ業界への転職を希望しています。仕事だけではなく、個人的にも付き合いがありますが、**温厚**・誠実な人柄の上、語学にも**堪能**で、必ずや貴社のご期待に添えるものと存じます。詳しくは(1)、同封の経歴書をお目通しください。

お忙しい中恐縮ですが、ぜひご検討のうえ、ご引見いただければと存じます。ご連絡をいただき次第(2)、本人を伺わせますので、どうぞよろしくお願い申し上げます。

まずはご推薦かたがたお願いまで。

敬具

常用表現、句型

(1)「詳しくは～」：詳細（情形）

- 詳しくはサービスセンターにお問い合わせください。

・詳しくは弊社の公式ウェブサイトでお調べください。

⑵「～次第」：一……就……；立即……；馬上……

・在庫がなくなり次第、終了となります。

・仕事が決まり次第、ご連絡させていただきます。

單字

大慶	たいけい	很大的慶賀
温厚	おんこう	溫和親切、敦厚
堪能	たんのう	精通

使用場合

像人才、特約店的推薦等，將可以信賴的人或公司推薦給客人的時候。

注意點

⑴必須仔細檢視受推薦者和公司，最好附加受推薦者或公司的履歷書。

⑵提出推薦的理由來增加說服力。

7. 訃文（弔事の文書）

目的

為祈求死者的冥福、安慰死者家屬並將有關喪禮的事情通知相關人士。

書寫重點

要寫表遺憾、感謝死者生前照顧、慰問家屬的話、關於喪禮的細節。

參考例（交易公司董事長逝世的吊唁函）

貴社取締役社長山田一郎様が心筋梗塞で突然ご逝去されたとのこと、驚くとともに**痛惜**の念に堪えません。[(1)] ここに謹んでご冥福をお祈り申し上げます。

故人ご在世中はひとかたならぬご厚情を賜りましたのに、何のお報いもできませず、誠に**心残り**でございます。ご家族はもとより、貴社の皆様のご心痛は**いかばかり**かとお察し申し上げます。一日も早く悲しみを乗り越えられますよう、謹んでお祈り申し上げます。

本来ならば、お悔やみに参上すべき[(2)]ところですが、**よんどころない**事情で、葬儀に参列できず、誠に申し訳ございません。

なお、別便にて、心ばかりのご香料を同封いたしましたので、ご霊前にお**供え**くださるようお願い申し上げます。

まずは略儀ながら書中にて、お悔やみ申し上げます。

合掌

株式会社モリプ

代表取締役社長　広田良一

平成△△年十一月三日

エコライフ株式会社

専務取締役　野口宏様

常用表現、句型

(1)「～に堪えません」：難以忍受……；不堪……

・家族を失い、哀痛の念に堪えません。

・感謝の念に堪えません。

(2)「～べき」：應該……；應當……

・悪いと思ったら、謝るべきです。

・取引先との契約問題は話し合って｛解決する／解決す｝べきです。

單字

痛惜	つうせき	痛惜、非常婉惜
心残り	こころのこり	遺憾、戀戀不捨
いかばかり		多麼、如何
よんどころない		不得已、無可奈何
供える	そなえる	供、獻
合掌	がっしょう	合掌

使用場合

⑴當對方遭遇不幸的時候。

⑵接到喪事通知的時候。

⑶周年忌的通知或回送奠儀等等的時候。

注意點

⑴一得知消息就馬上寄出。省略季節問候語，不過度使用感情化的語言。

⑵避免使用會直接聯想到像「急死・永眠・逝去」這種表死亡的詞語或像「次々・また・しばしば」這種表會重複發生意思的詞語。

⑶如果沒辦法出席葬禮時就要對無法出席一事表示道歉。

Chapter

3

E-mail文書

E-mail 文書的基本

1. 關於 E-mail

E-mail（電子信）是利用電話線路等方式來將文字或圖片從電腦的起端送到末端的溝通工具。它不僅普及於年輕族群，也廣泛使用在商業上。

2. E-mail 的特徵

E-mail 的優點

電子信比在這之前的信、明信片、電話這些通信手段來得好用。

和信、明信片做比較的話，電子信能瞬間將情報傳遞給對方，而信、明信片通常是隔日之後才能送到對方手中。還有，電子信能節省購買郵票、投遞郵筒等等時間，又能將附加的影像、音聲、相片等寄送出去，是簡單又輕鬆的方法。

和電話做比較的話，電子信就不需要考慮到對方的方便與否，而電話有著不能顧及對方方便與否及對方不在就無法連絡的缺點。還有，寄件者可以依自己的方便用電子信寄送文書，收件者則能夠依自己喜歡的時間讀取。另外，在電話的場合常常會有聽錯或是之後產生「有講過、沒講」的問題，而資料能夠保留起來的電子信，就能避免這類的問題。

由此看來，電子信能夠補足信、明信片、電話的不足，有著方便省事的優點。

E-mail 的缺點

雖說電子信有著方便省事的優點，但也並非完美。它有著「在對方回覆之前無法確定信是否已被閱讀、內容有無被理解這些事」「和信、明信片相比的話，少了人情味且欠缺禮貌」「無法像電話那樣能傳達微妙的語氣」「有被人閱讀的可能性」「容易因軟體或是電腦系統不相容而無法使用或變成亂碼」這些缺點。基於這些缺點，不適合用電子信寄的文書種類有道歉函、請求函、慰問函、介紹函、反駁書等。

3. 使用 E-mail 時要注意的禮節和事項

有人認為不用書信而用 E-mail 傳達是失禮的，因此需注意並不是每個人都愛用 E-mail。至於使不使用 E-mail 必須端視和對方之間的關係或是狀況來決定。有人在公事上全都用 E-mail 來進行，也有人在個人隱私上使用。此時，若對方和自己狀況相同的話並無可厚非，但要注意每個人對於 E-mail 的看法和認知有所落差，尤其在商業上必須考慮到對方的感情和狀況。

E-mail 是既方便又好的道具，明確對方和自己的關係之後，使用雙方易於理解的內容、正確資料的傳達等等是重要的，但必須注意尺度的拿捏。

另外，使用 E-mail 時要注意的是：養成每天收 E-mail 的習慣、不使用特殊機型的文字、防犯病毒的感染問題、避免用 HTML 方式而要用 TXT 方式寄送、事先確認附加檔案等事項。

4. E-mail 的專業用語

(1) 電子信箱（メールアドレス）：英文全名為 mail address，相當於網路上的住址。構成方式是：個人名稱+@+企業・組織名+企業・組織的屬性+國名（例：Suzuki@aaa.co.jp）。要注意有無大小文字的差別。另外，「@」的日文說法是「アットマーク」，「.」的日文說法是「ドット」。

⑵ 收件者（宛先）：一般是用電子信箱來表示。如果改變設定的話，也可以變成對方的名字或是公司的名字。

⑶ 主旨（件名）：是電子郵件內容的標題。一收到電子郵件時，標題和寄件者會被標示出來。因爲空間有限，所以標示內容要具體簡潔，用關鍵字，必要時在前面標示「重要」「緊急」等以明示重要程度。

⑷ 副本（CC）：英文全名爲 Carbon Copy，是將一個電子郵件傳給複數人使用的功能。此時，收件者也知道寄件者同時寄信給哪些人。

⑸ 密件副本（BCC）：英文全名爲 Blind Carbon Copy，它的功能雖然和 CC 相同，但是收件者不知寄件者同時傳送給哪些人這一點是不同的。

⑹ 簽名檔（署名）：在郵件最後，將自己的名字、電話、住址、電子信箱等等的連絡方式做一次設定之後，所有的郵件都會自動地附加上去。不過，因爲電子郵件本文很短，所以要注意不要寫得太大。

⑺ 寄件者（送信者）：是指收到郵件時，和標題一起出現的寄件人名稱。這是在設定網路軟體時的使用者名稱。如果是個人使用的場合，一般是用本名較多，不過也有些人用綽號。如果是工作上使用的場合，只設定公司部門名稱的話，對方會不知道是誰寄來的，所以這時要在標題上加上自己的名字。

⑻ 附加檔案（添付ファイル）：是指在電子郵件本文裡面，像相片、圖表等等這些難以放進去的資料用檔案方式寄送的方法。

5. 寄信、收信、回信、轉寄、附加檔案的操作順序和重點

(1) 傳送（送信）：是寄給對方信件的功能。基本的寄信流程是按「建立郵件」→會出現「新郵件」的畫面→製作郵件內容→寫上標題、收信者→按寄信。要注意的是電子信箱的輸入錯誤，最好用回覆信件的功能或利用通訊錄的清單來寄信。

(2) 接收（受信）：是接收對方寄來信件的功能。按下「接收」→收到的郵件會保存在收件夾→將游標放在想看的信件標題上→內容會被標示出來。對於不知道寄件者寄來的附加檔案郵件，絕對不要打開。因爲它可能潛在著破壞電腦功能的病毒。

(3) 回覆（返信）：是對於對方寄來的信件做出回信的功能，按回信鈕時每一行的最前頭會出現引用符號「＞」。看完對方來信之後，按下：「回覆」→就會出現對方寄來的信件畫面→書寫回信內容→按下：「傳送」。若能夠善於利用引用的內容，就能做成使對方容易了解的回信。另外，只有用 E-mail 與人交易的話，由於無法確認對方是否看到郵件的內容，所以儘早回信是非常重要的。如果晚好幾天回信的話，就要將理由寫在郵件內容上。

(4) 轉寄（転送）：是將收到的郵件原封不動地寄給他人的功能，轉寄時在主旨上會出現「forward」的縮寫「Fw：」。看完對方的來信之後，按下「轉寄」→對方寄送的郵件內容將出現在畫面上→加上書寫內容→選擇收件者→按「寄信」。這個功能的長處在於不用一個一個去書寫內容，而是將有用的情報寄送給他人這一點。但若無得到寄件者的許可是不能隨意轉寄他人的郵件。還有，轉寄郵件時最好加上轉寄的主旨。

⑸附加檔案（添付ファイル）：是將畫像等等用檔案的方式附加在郵件寄送的功能。按下有迴紋針圖案的鈕→選擇製作完成的檔案資料→附加在寄信郵件上即完成。要注意的是：用特定軟體所寫的內容，有時會因爲對方沒有那個軟體而無法打開。因此最安全的做法是將文書檔案用 TXT 的方式，圖案的話用 JPEG、GIF 的方式存檔，如此就能在各種系統下打開。

6. E-mail 文書的注意要點

E-mail 文書的基本寫法和其他文書大致相同，不過要注意以下幾點：

⑴一個郵件一個主題：基本上是以一個郵件一個主題爲原則，太多要件的話，另外傳送比較好。

⑵簡潔書寫：電子郵件的特色是簡短，書寫的內容大約是能將畫面一目瞭然的程度。一般省略起頭語或是季節問候語等等，而前文則用「お元気ですか」「お世話になっております」等等，以一行的程度來問候即可。

⑶靠左寫：書寫文書內容時基本上靠左寫，這是因爲對方的電腦環境不一定能和自己的電腦畫面同樣顯示出來的緣故，所以靠左寫就能避免難以閱讀的狀況。

⑷換行及句子的長度：電腦的畫面尺寸和文書畫面的構成，會因設定方式和電腦環境而有所不同。例如：一行長度的文章在寄件者的電腦畫面即使能夠正確地顯示出來，但傳到對方的電腦畫面時，有可能會中途斷句，而難以閱讀。若將內容用句點、逗點分隔改行或者將一行字數設在大約 30 個字左右程度的話，就更容易閱讀。因此，思考如何讓對方容易閱讀這件事是很重要的。

⑸ **注意漢字的變化及漢字、假名的版面均衡**：寫完之後，必須要再重複檢查，特別是文字的變換錯誤。還有，若漢字太多會讓人感到郵件畫面過擠而難以閱讀，若全是平假名、片假名的話也難以閱讀。因此在寄信之前，須檢查並修改成容易閱讀的文章。

⑹ **依狀況使用容易看的英文、數字**：書信的內容常常會使用英文或數字，可以的話儘量使用全形文字。不過，頻繁出現長的英文或數字的場合及使用電話號碼或電子信箱的場合若全部用全形的話，反而不容易閱讀，此時多使用半形。總而言之，用全形或半形須依照內容來區分。

使用 E-mail 文書的訣竅

1. 淺顯易懂的 E-mail 訣竅

善於利用符號、注意專業用語和簡稱、不使用電腦特有的文字或半形的片假名、圖形文字的話，就可以寫出容易看得懂的文章。另外，在條例式書寫的場合，若字和字之間放入空白，在每一行第一個字空一格的話，能讓內容層次明確顯示出來。不過，這個方法在連續性的文章前面就不要使用。因為這會因對方的電腦環境影響而使格式混亂，以致句子意思變得不明。

E-mail 的畫面是非常狹小，若在行跟行之間空行會不容易閱讀。還有，行數越多越難閱讀，但在換段落，或者是句子和條例式之間有空行的話就會變得容易閱讀。

另外，E-mail 不像電話那樣，能夠用對方的反應來確認內容是否傳

達。也就是說，只有文字的 E-mail 有可能會因對方的讀法，而無法將內容正確傳達。因此，開玩笑的話，很有可能無法傳達出意圖，而讓對方產生誤解。還有，使用專業用語或簡稱的話，一定要有簡短的說明。

總之，常常以對方的立場來思考寫文章的話，就不難寫出容易看得懂的 E-mail。

2. 回信的訣竅

一收到信就要馬上回信，避免寄件者擔心信是否已寄出。回信時一般是利用「回覆」功能，留下對方詢問的部分以及回答的部分回信即可。引用時基本上以段落爲單位來處理。引用句跟回答之間空一行的話就容易區分兩者。還有，在對方所寫的內容上不要加入自己所寫的東西，不隨意更改對方的內容。另外，同時回信給多數人時可利用「CC」和「BCC」的機能來方便聯絡。

3. 通訊錄

送信的時候，常常將對方的電子信箱輸入的話，又麻煩又容易出錯。若有新的朋友來電子郵件的話，將其登入在「通訊錄」即可。通訊錄的製作方法依軟體而不同。大致上是按幾個按鈕，也有加進電話、住址、生日等等詳細情報的軟體。把個人資料一一輸進去的話，也能夠像一般常用的通訊錄來活用。還有，將複數的電子郵件分成群組，就可以在相同的群組寄同一封電子郵件。

4. 製作及管理文件夾

依照種類或是公司名稱等等來做文件夾，讓郵件能有條理地整理分類。不過，太過嚴謹的分類反而讓作業變得繁雜。最好將連絡頻繁的郵件設立文件夾，較少聯絡的放在其他文件夾。

另外，像郵寄的廣告或是簡單的回信這種不要的電子郵件要養成隨時刪除的習慣。一看就知道是不要的電子郵件要立即刪除。且要定期性的檢查各個文件夾，刪除沒有必要保存的電子郵件。

5. 檢索 E-mail

將電子郵件的特殊地方設爲關鍵字可縮小搜索範圍。還有，設立複數的關鍵字比起一個關鍵字較容易將對象集中。

E-mail 文書的利用法

1. 與智慧型手機的連結

智慧型手機的功能不只接收 E-mail，甚至可以連結到網路上。在商業上以智慧型手機和電腦連結的情形日益普遍。不過，智慧型手機的 E-mail 功能，有畫面尺寸和容量小的問題，因此在用 E-mail 聯絡的時候，要避免傳送太長的文章。

2. 電子賀卡

一般多利用 E-mail 來寄送電子賀卡給親朋好友，但在商業上的使用則需愼重。

3. E-mail 的群組

在網路上製作群組，內容有電影、運動、工作、美食、養兒育女等等多方面，有共通的話題就可以用 E-mail 來交談。若寄送團體裡其中一人 E-mail 的話，群組裡的其他人都可以收到。

E-mail 文書的禮節

E-mail 是非常方便的道具，但有時反而會變成危險。因此在使用 E-mail 時要能遵守以下規則。

1. 盡量不要轉寄

因為寄信的人有可能只想把情報傳給你，而第三者會將這情報如何傳遞這件事是你無法掌握的。有可能在意想不到的地方給原本的寄件者帶來困擾。不過將別人信件的內容再加上自己的意見就另當別論。

2. 少用 CC 這個功能

CC 這個功能最方便的是可以同時轉寄給很多人，但是 CC 的聯絡人網址反而會因此被大家知道，因此對於不常聯絡的人不要使用。還有，對於沒有見過的人所寄來的電子郵件，基本上是採取不理會的態度。

3. 避免將別人捲入自己的事情

因為能輕而易舉取得聯絡，所以要避免芝麻小事就馬上用 E-mail 去詢問對方。要設身處地去思考對方的立場。

4. 寄信前的重新檢查

一般人很少會花時間慢慢地寫，且多會因當下的心情來寫文章，因此容易使用不當的語句。為了防止類似事情發生，寄信前的重新檢查是非常重要的。

E-mail 功能的介紹

1. 有附加檔案或相片的場合

書寫重點

⑴最好在主旨的標題上註明有附加檔案來使收件者放心沒有病毒感染的問題。

⑵寄送圖檔時，要告知對方圖檔的副檔名及版本。

宛先：	中山太朗様
CC：	
件名：	忘年会の日程について(添付あり)
添付：	忘年会のご案内.doc(30 KB)

中山太朗様：
小川里佳です。
いつもお世話になっております。

忘年会についてのお返事、
どうもありがとうございました。
研究会の後、12 月 15 日(土)午後 6 時から忘年会を開くということで、
添付のようなお知らせプリントを作成しました。
ご覧いただき、お気づきの点がありましたら、
ご指摘のほどお願い致します。

＊＊＊＊＊＊＊＊＊＊＊＊＊＊＊＊
小川里佳　rogawa@----.ne.jp

2. 引用對方郵件回信的場合

【引用全文的時候】

書寫重點

⑴開啓對方寄來的檔案之後，按「回覆」時，引用的部分會有引用符號「＞」出現。

⑵引用重點，盡量避免全文引用。

宛先：小川里佳様

CC：

件名：Re：忘年会の日程について

15日でお願いします。

-----Original Message-----

＞　中山太朗様：

＞

＞　小川里佳です。

＞　いつもお世話になっております。

＞

＞　先日お話していた忘年会についてですが、

＞　下記のいずれかの日程で、調整したいと考えております。

＞

＞　1) 12月8日（土）午後6時から

＞　2) 12月15日（土）午後6時から

＞　3) 12月16日（日）午後6時から

＞

＞　ご都合を教えていただければと思います。

＞　よろしくお願いいたします。

＞＊＊＊＊＊＊＊＊＊＊＊＊＊＊＊

＞小川里佳　rogawa@----.ne.jp

【引用部分内文的時候】

書寫重點

⑴引用對方郵件的重要部分，之後加上自己的評語。

⑵爲了區隔對方文章和自己的評語，如同例文所示，必需在兩者之間空一行。在自己評語的部分，用一些醒目的記號來標記，如「★」、「◆」「■」等等。

⑶回信用的畫面，在主旨的標題前會出現「Re:」的標示，若雙方往來頻繁的話，如「Re:Re:Re:Re:Re:」的狀況，就用「Re(5):」來標示會較易於了解。

宛先：小川里佳様

CC：

件名：Re：忘年会の日程について

小川様：
中山です。いつもお世話になります。
以下、私のコメントは■をご覧ください。

> 先日お話していた忘年会についてですが、
> 下記のいずれかの日程で、調整したいと考えております。
>
> 1) 12月8日（土）午後6時から
> 2) 12月15日（土）午後6時から
> 3) 12月16日（日）午後6時から

■
15日(土)の研究会の後にしませんか。
お手数をおかけしますが、よろしくお願いします。

==========================
中山太朗
tnakayama@----.ne.jp

3. 將收到的郵件轉寄給他人的場合

書寫重點

⑴一定要得到對方的許可才能轉寄他人的郵件。

⑵最好加上幾句話再轉寄。

宛先：高橋ゆり様

CC：

件名：Fw：シンポジウムのご案内

高橋様：
ご無沙汰しております。中山友子です。

テニスサークルの知人から、
以下のようなメールが届きました。
高橋さんが佐藤先生のファンだということを思い出し、
ご興味があるのでは、と思い転送します。
私も参加しようと思っているので、ご一緒しませんか。
お返事をお待ちしております。

＞来る11月22日午後2時より、シンポジウムを開催します。
＞入場は無料です。ただし、500名の定員ですので先着順に
＞整理券を配布しております。ご希望があればご連絡ください。
＞
＞今回メインとなる佐藤先生は、
＞よく知られている小説家です。
＞直接お話が伺えるのは
＞二度とないチャンスと存じます。
＞ぜひご参加ください。

～～～～～～～～～～～～～～～～～～～～～～～～
中山友子
tnakayama@----.ne.jp

4. 重要或緊急要件的場合

書寫重點

⑴設定「！」的記號讓對方知道是重要郵件。

⑵若不設定的話，可在主旨的開頭標示〔重要〕等等即可。

宛先：小川里佳様

CC：

BCC：

件名：【おわび】忘年会を欠席します

小川里佳様：

安田雄介です。

いつも、お世話をいただき、どうもありがとうございます。

12月15日の忘年会の件なのですが、

父の危篤で急に帰省することになり、参加できなくなりました。

日程が迫ってからのキャンセルで誠に申し訳ないのですが、

どうぞよろしくお取りはからいください。

まずはおわびまで。

＊＊＊＊＊＊＊＊＊＊＊＊

安田雄介

yyasuda@----.ne.jp

5. 將相同郵件轉寄給多人的場合

【CC 的例子】

書寫重點

⑴在收件者的空欄輸入複數的電子郵件地址時，要注意收件者將會全部被公開。

⑵把主要收件者的電子郵件地址寫在收件者處，其他人的電子郵件地址寫在CC欄位的話，網址會全部被公開（如CC的圖例）。

宛先：中山太朗様

CC：佐藤聡子様

件名：一年間ありがとうございました

中山太朗様：

小川です。

先日の忘年会は、お忙しい中ご参加いただき、

誠にありがとうございました。

今年も一年間お世話になりました。

来年もどうぞよろしくお願いいたします。

＊＊＊＊＊＊＊＊＊＊＊＊＊＊＊＊＊＊＊

小川里佳

rogawa@----.ne.jp

【BCC 的例子】

書寫重點

若寫在 BCC 欄位的時候，其他收件者的電子郵件地址是不被公開的（如 BCC 的圖例）。

宛先：井上嘉子様

CC：

BCC：中島文子様;藤田法子様;中岡孝太郎様;山崎良子様

件名：メールアドレス変更のお知らせ

田中ゆかです。

このたび、アドレスが以下のように変わりました。

ytanaka@----.ne.jp

お手数ですが、アドレス帳の変更をお願いいたします。

なお、従来のアドレスは、10 月末をもちまして不通となります。

今後ともどうぞよろしくお願いいたします。
まずは取り急ぎお知らせまで。

＊＊＊＊＊＊＊＊＊＊＊＊＊＊＊＊＊

田中ゆか

ytanaka@----.ne.jp

E-mail 文書的實用例

E-mail 文書的內容比起一般文書、商業文書要來得簡易，以下是列舉本書中的參考例將內容簡化成 E-mail 文書的方式，將內容簡易分爲道謝、道歉、確認、拒絕、通知、邀請、詢問、回覆、催促、訂購這十類。

1. 道謝的場合

書寫重點

⑴ 內容要誠心誠意地感謝對方的協助，並和對方建立彼此的信賴關係。

⑵ 在謝函中不要再加入其他要件，避免誠意被打折扣。

宛先：nmikami@----.ne.jp

件名：資料送付のお礼

ライフ株式会社

調査部長　三上則之様

平素格別のご高配を賜り、心から感謝申し上げます。

さて、お願いしました資料につきまして、

早々にご送付下さり、誠にありがとうございます。

おかげさまで、弊社の今後の経営方針に大変参考になりました。

心より厚く御礼申し上げます。

今後もご指導を仰ぐことがあるかと存じますが、
その節はよろしくお願い申し上げます。
まずは取り急ぎ、書中にて御礼申し上げます。

＊＊＊＊＊＊＊＊＊＊＊＊＊＊＊＊＊＊＊
株式会社エンジェル
営業部長　上野章
E-mail: aueno@----.ne.jp

2. 道歉的場合

書寫重點

⑴爲避免對方生氣，內容要直接傳達己方的歉意。

⑵提出解決方案，並發誓以後不再犯相同錯誤來表示己方的誠意。

宛先：sitou@----.ne.jp
件名：不良品のお詫び

東山株式会社
営業部　伊藤新太郎様

いつも格別のご愛顧を賜り、
厚くお礼申し上げます。

さて、6月10日付で弊社出荷の「快適布団セット」に
一部不良品が混入していたとのことですが、
誠に申し訳ございません。

さっそく、全数検査をしたものを速配にて配送いたしました。
商品到着まで今しばらくお待ちください。
つきましては、原因究明を致したく、お手数ですが、
当社着払いで不良品をご返送いただけないでしょうか。

今後二度と同じようなことのないようにいたしますので、
これに懲りず今後とも変わらぬお引き立てのほど、
よろしくお願い申し上げます。

＊＊＊＊＊＊＊＊＊＊＊＊＊＊＊＊＊＊
藤田株式会社
商品部　本田啓造
E-mail: khonda@----.ne.jp

3. 確認的場合

書寫重點

(1) 正確簡潔地明記商品名稱、價格、發送日期、數量、付款條件等等項目。

宛先：rnakatou@----.ne.jp
件名：注文内容のご確認

津島株式会社
営業部　中藤亮介様

時下ますますご隆昌のこととお慶び申し上げます。

さて、このたびは9月12日（月）午後3時、
電話にて貴社の松田弘子様よりのご注文、
誠にありがとうございます。

つきましては、改めて、商品名および価格・数量・納期等を
下記のとおり確認させていただきます。

相違がございましたら、恐れ入りますが、
弊社の営業部まで至急ご連絡ください。

商品名　洋酒3本セット
価格　4,000円（税込）
数量　50セット
納期　9月26日（月）

＊＊＊＊＊＊＊＊＊＊＊＊＊＊＊＊＊＊
伊藤株式会社
営業部　道広雅弘
E-mail: mmichihiro@----.ne.jp

4. 拒絕的場合

書寫重點

⑴拒絕內容要婉轉，在不傷和氣的情形下，讓對方了解己方有不得已的苦衷。

⑵當決定回絕時，要立刻回信以免讓對方有所期待。

宛先：yyamamoto@----.ne.jp
件名：保証人のご依頼について

上野株式会社
営業部長　山本優太様

時下ますますご清栄のこととお喜び申し上げます。

さて、保証人の御依頼の件ですが、
申し訳ありませんが、お断り致します。

できることなら、貴志に添わせて頂きたく存じますが、
いかなるものであれ、
保証人の御依頼は御遠慮申し上げておりますので、
どうか御了承ください。

ご期待に添えず誠に遺憾ではございますが、
何卒ご容赦ください。

＊＊＊＊＊＊＊＊＊＊＊＊＊＊＊＊＊＊＊
田中株式会社
総務部　尾崎靖男
E-mail: yozaki@----.ne.jp

5. 通知的場合

⑴通知的內容種類很多，要具體地寫出。

⑵若是通知商品發送的話就要明記商品名稱、發送日期、數量等，並在最後向對方致謝。

宛先：hkomatsu@----.ne.jp

件名：商品発送のお知らせ

稲村株式会社

営業部　小松弘之様

時下ますますご健勝のこととお慶び申し上げます。

さて、去る8月1日付のご注文ですが、
赤ワイン10本、白ワイン20本、ウィスキー5本を、
本日、送り状・受領書とともに青空運輸にて発送いたしました。
ご査収ください。

なお、受領書につきましては、内容をご確認のうえ、
弊社営業部宛にご返送くだされば幸甚です。

これからも弊社製品をご愛顧のほどよろしくお願い申し上げます。

＊＊＊＊＊＊＊＊＊＊＊＊＊＊＊＊＊＊＊
高橋株式会社
営業部　片山佑介
E-mail: ykatayama@----.ne.jp

6. 邀請的場合

書寫重點

⑴邀請內容以能使對方產生興趣爲主。

⑵場所、日期、時間、內容及目的等等要明確無誤。最好附上地圖以方便參加者尋找。

宛先：----@----.ne.jp

件名：会社説明会のご案内

関係者各位

いつもお引き立て頂きありがとうございます。
さて、本年の採用試験についてですが、
弊社の経営方針・業務・将来への展望などを深くご理解いただけるよう、
説明会を下記のとおり開催いたします。
ぜひご参加ください。
なお、参加ご希望の方は、入場は無料ですが、
本メールを印刷の上、必ず受付にてご提示ください。

----

1. 日時　7月30日（土）、午後3時から5時まで

2. 場所　弊社の会議室

3. 内容　⑴社長あいさつ

　　　　⑵組織の紹介

　　　　⑶業務内容の概要

　　　　⑷来年度の採用について

　　　　⑸懇親会

＊＊＊＊＊＊＊＊＊＊＊＊＊＊＊＊＊＊＊

高橋株式会社

生産課　小宮聡

E-mail: skomiya@----.ne.jp

7. 詢問的場合

書寫重點

⑴要謙虛有禮貌地尋問對方。

⑵要明記回答期限，若詢問內容會花對方心力及時間的話要向對方致歉。

宛先：hnakano@----.ne.jp

件名：在庫のご照会

工藤株式会社
営業部　中野英男様

時下ますますご盛業のこととお慶び申し上げます。

さて、先日発売開始の「元気でスリム茶」の件ですが、
おかげさまで大変好評を頂いており、
売れ行きも当初の予想以上となっております。

つきましては、追加で300個の発注をお願いしたいのですが、
可能でしょうか。
もし難しい場合には納品いただける個数をお教えください。
ご多忙中のところ、誠に恐縮ですが、
至急ご返答ください。

＊＊＊＊＊＊＊＊＊＊＊＊＊＊＊＊＊＊＊
木下株式会社
営業部　西本健
E-mail: tnisimoto@----.ne.jp

8. 回覆的場合

書寫重點

⑴迅速有禮貌地回答詢問內容，讓對方感到己方的誠意。

⑵若是己方的疏失，要立即向對方致歉並提出解決方法來釋出誠意。

宛先：tnisimoto@----.ne.jp

件名：商品未着についてご照会の件（回答）

木下株式会社
営業部　西本健様

時下ますますご清栄のこととお慶び申し上げます。

さて、ご注文の「元気でスリム茶」の納品が遅れましたこと、
幾重にもお詫び申し上げます。
何卒ご容赦ください。

さっそく調べましたところ、
「元気でスリム茶」の在庫が枯渇しているところに
注文が殺到したため、
納期に数日の遅延が生じていることが判明いたしました。

貴社へは明日午後着の便で発送手配をいたしました。
商品到着まで今しばらくお待ちください。
このたびは多大なご迷惑をおかけしましたこと、
重ねてお詫び申し上げます。

＊＊＊＊＊＊＊＊＊＊＊＊＊＊＊＊＊＊＊＊

工藤株式会社
営業部　中野英男
E-mail: hnakano@----.ne.jp

9. 催促的場合

書寫重點

催促對方履行契約或支付款項等等時，要客觀地敘述以免傷和氣。

宛先：ktakahasi@----.ne.jp

件名：商品代金のお支払いについて

野田株式会社
営業部　高橋和夫様

貴社ますますご繁昌のこととお喜び申し上げます。

さて、6月1日付でご購入の商品の代金につきまして、
未だに入金確認ができておりません。

つきましては、来る7月1日までにお振込みください。
また、お振込みの際は、別送の振込用紙をご利用ください。

なお、お振込みが本メールと行き違いになってしまいましたら、
何卒ご容赦のほどお願い申し上げます。

＊＊＊＊＊＊＊＊＊＊＊＊＊＊＊＊＊＊＊＊
今井株式会社
総務部　片山耕太
E-mail: kkatayama@----.ne.jp

10. 訂購的場合

書寫重點

⑴要明確商品名稱、數量、價格、送貨時間、收貨人住址、寄送方式等等項目。

宛先：shanada@ ----.ne.jp

件名：注文書

大崎株式会社
営業部　花田三郎様

時下ますますご清栄のこととお喜び申し上げます。
さて、貴社製品について、下記のとおりご注文申し上げます。
7月15日までにお届け下さいますよう、
よろしくお願いいたします。

----

1. 品名／数量／単価
　宇治茶ギフトセット　10セット／3,800円(税込み)
　新茶ギフトセット　10セット／3,500円(税込み)
　銘茶ギフトセット　10セット／4,000円(税込み)
2. 総額　　　113,000円
3. 納入場所　　松本デパート　広島駅前支店
4. 納期　　　平成△△年7月15日
5. 運送方法　　貴社に一任
6. 運賃諸掛　　貴社ご負担
7. 決済方法　貴社の支払い方法に準ずる

＊＊＊＊＊＊＊＊＊＊＊＊＊＊＊＊＊＊＊＊
西山株式会社
営業部　古川亮助
E-mail: rkogawa@----.ne.jp

透過以上的 E-mail 文書介紹，可了解 E-mail 文書的特徵及使用方法等等。遵循 E-mail 的基本架構就能寫出文書以達到事半功倍的效果。

附錄

表動作的敬語

動詞＼敬語種類	尊敬語	謙譲語
いる	いらっしゃいます／おいでになります	おります
行く	いらっしゃいます／おいでになります／行かれます	参ります／伺います／お尋ねします／上がります／参上します
来る	いらっしゃいます／おいでになります／見えます／来られます／お越しになります	参ります
尋ねる	お尋ねになります／尋ねられます	お伺いします／お尋ねします
送る	お送りになります／送られます	お送りします／お送り申し上げます／ご送付します／拝送します
贈る	お贈りになります／贈られます	お贈りします／お贈り申し上げます
与える	賜ります／お与えになります	さし上げます／進呈します
受けとる	お納めになります／ご査収になります／ご入手になります	拝受します／入手します／受領します
聞く	お聞きになります／お聞きくださいます／聞かれます	伺います／拝聴します／お伺いします／承ります／お聞きします
見る	ご覧になります／見られます	拝見します／見せていただきます
言う	おっしゃいます／言われます	申します／申し上げます
読む	お読みになります／読まれます	拝読します／拝見します／拝誦します／読ませていただきます
食べる	召し上がります／上がります	いただきます／頂戴します
貸す	お貸しくださいます／お貸しになります	お貸しします
借りる	お借りになります	お借りします／拝借します

敬語種類 動詞	尊敬語	謙譲語
思う	お思いになります／おぼしめします／思われます	存じます／存じ上げます／拝察します
考える	お考えになります／ご高察なさいます／ご賢察なさいます	考えております／拝察します／存じます
くれる	くださいます／賜ります	
もらう	お納めになります／お受け取りになります	いただきます／頂戴します／賜ります／拝受します
知っている	ご存知です／お知りになります／知っていらっしゃいます	存じています／存じております／存じ上げます／承ります
着る	お召しになります／召します／召されます／着られます	身につけます／着させていただきます
待つ	お待ちになります／お待ちくださいます／待たれます	お待ち申し上げます
喜ぶ	お喜びになります／喜ばれます	お喜び申し上げます
する	なさいます／されます／あそばします	いたします／させていただきます
会う	お会いになります／会われます	お目にかかります／拝眉します／お会いします／拝顔します
休む	お休みになります／休まれます	休ませていただきます
買う	お買いになります／お求めになります／買われます	買わせていただきます／頂戴します／いただきます

表人、事、物等的稱呼

	日文說法	對方的稱呼	己方的稱呼
人物稱呼	相手／自分	あなた／△△さん(様)	私／当方／僕／小生
	家族	ご家族の皆様／皆様	私ども／家族
	親族	ご親族／ご一族／ご一同(様)	親族／親類／親戚／一同
	夫	ご主人様／旦那様	夫／主人／宅
	妻	奥様／奥方(様)／令夫人	妻／家内／女房／ワイフ／愚妻
	子ども	お子様(がた)／お子さん	子ども(たち)
	息子	ご子息様／ご令息様／△△様(さん、くん)	息子／長(次)男／愚息／せがれ／△△(名前)
	娘	ご息女様／ご令嬢様／お嬢様／△△(名前)様(さん、ちゃん)	娘／△△(名前)／長(次)女
	父親	お父様／ご尊父様／父君様／お父君様／御父上様 ※對方的公公…ご令舅様／お舅様 ※對方的岳父…ご岳父様／ご外父様	父／おやじ／家父／亡父(父親已逝世時) ※己方的公公…義父／舅／主人の父／△△(姓)父 ※己方的岳父…義父／外父／妻の父
	母親	お母様／ご母堂様／母君様／お母君様／お母上様 ※對方的婆婆…ご令姑様／お姑様 ※對方的岳母…ご外母様／お姑様	母／おふくろ／家母／亡母(母親已逝世時) ※己方的婆婆…義母／姑／主人の母／△△(姓)の母 ※己方的岳母…義母／外母／妻の母
	両親	ご両親様／ご父母様	両親／父母
	祖父(母)	おじい様(おばあ様)	祖父(祖母)
	兄	お兄様	兄／愚兄
	姉	お姉様	姉／愚姉
	弟	弟さん	弟／愚弟／小弟

	日文說法	對方的稱呼	己方的稱呼
人物稱呼	妹	妹さん	妹／愚妹／小妹
	おじ(父母の兄)	伯父様／△△(名前)おじさま(おじさん)	伯父
	おじ(父母の弟)	叔父様／△△(名前)おじさま(おじさん)	叔父
	おば(父母の姉)	伯母様／△△(名前)おばさま(おばさん)	伯母
	おば(父母の妹)	叔母様／△△(名前)おばさま(おばさん)	叔母
	甥	甥御様／△△(名前)様	甥
	姪	姪御様／△△(名前)様	姪
	友人・友達	お友達／ご友人	友人／友
事物稱呼	名前	お名前／ご芳名／ご尊名／貴名	名前／氏名
	住居	お宅／貴宅／貴邸	住まい／わが家／拙宅／当家
	居住地・場所	ご住所／御地／貴地／そちら／貴会	住所／当地／当所／こちら／当(本)会
	会社・店・銀行・団体など	貴社／御社／貴支店／貴店／貴行／貴会	弊社(店)／小社(店)／当社(店)／当行／当(本)会
	手紙	お手紙／お便り／ご書面／ご書状／貴信／ご書簡／ご芳書／おはがき	手紙／書面／書状／弊信
	品物	ご厚志／ご芳志／お心づくしの品／ご高配／ご配慮／結構なお品／佳品	寸志／粗品／心ばかりの品／ささやかな品／気持ちばかりの品
	授受	お納め／ご笑納／ご査収／ご検収／ご高覧／ご恵贈／ご入手	拝受／受納／入手／受領／拝送／送付／頂戴
	訪問	お越し／ご来訪／ご来場／ご来社	お訪ね／ご訪問／参上／お伺い
	意見	ご意向／ご意見／ご卓見／ご高見／ご高説／ご賢察／お申し越し(の件)	所見／私見／見解／考え

禁忌用語

禁忌用語	禁忌表現	例子
【結婚書信的禁忌表現】	會讓人連想分手的用語	滅びる／切れる／返す／出る／別れる／破れる／終わる／離れる／戻る／去る／割れる／短い／切る／消える／飽きる／最後／裂ける／逃げる／放す／壊れる／ほどける／捨てる／帰る
	會讓人連想接二連三的用語	たびたび／かえすがえす／くれぐれも／また／重ね重ね／再び／再度／繰り返し
	消極的表現	悲しい／寂しい／厳しい／浅い／薄い／冷える／嫌う／褪せる
【其他喜事的禁忌表現】	祝賀生産的禁忌表現	滅びる／破れる／敗れる／逝く／失う／消える／流れる／落ちる／死ぬ
	慶祝長壽・記念日的禁忌表現	ぼける／まいる／途切れる／途絶える／やめる／枯れる／衰える／朽ちる／倒れる／折れる／寝る／終わる
	慶祝開業・開店・創立記念的禁忌表現	落ちる／倒れる／枯れる／行き詰まる／つぶれる／衰える／閉じる／さびれる／失う／破れる／焼ける／燃える／赤い／火（會連想到「赤字」，此詞表「虧損」）
	慶祝新居落成的禁忌表現	燃える／崩れる／倒れる／火／焼ける／煙／つぶれる／壊れる／飛ぶ／流れる／傾く
【慰問信的禁忌表現】	會連想痛苦或死的語句	逝去／永眠／壊れる／苦しい／滅びる／枯れる／落ちる／死／終わる／別れる
	消極的表現	長い／長引く／悪い／繰り返す／再び
	無可奈何時的慰問語句	不幸中の幸い／せめてもの救い
【表遺憾・後悔書信的禁忌表現】	會讓人連想接二連三的用語	また／さらに／くれぐれも／たびたび／しばしば／重ね重ね／再三／つづく
	直接地表「死」的語句	死／死去／死亡／急死／急逝／永眠
	在佛教以外的宗教禁忌表現	往生／供養／成仏／合掌／冥福／仏様

依要件類別所分的表現

依要件類別所分的表現	例子
【請求用書信】	1. お手数ですが 2. 大変恐縮でございますが 3. 誠に勝手なお願いでございますが 4. こちらの勝手なお願いで恐縮ですが 5. 大変失礼なことと重々承知しておりますが 6. 久々のご挨拶がお願い事となり、大変恐縮でございますが
【介紹・招待・邀請用的書信】	1. ご多用の中恐縮でございますが 2. ご多忙のところ恐縮でございますが 3. お忙しい中ご迷惑をおかけいたしますが 4. 間際のご連絡となり恐縮でございますが 5. すでにご予定がおありかもしれませんが 6. ご都合がつくようでしたら是非にと思いまして
【詢問用書信】	1. 突然のお尋ねで恐縮ですが 2. お手数とは存じますが、ご回答のほどよろしくお願い致します。 3. 事情ご賢察の上、早急なお返事をよろしくお願いいたします。 4. ～について疑義があるのでご調査の上、ご回答をお願い致します。
【拒絕用書信】	1. 残念ではございますが 2. お気持ちに沿いたく存じますが 3. ご期待にお応えしたく思いますが 4. 直々のご依頼、ありがたく存じておりますが 5. お心に沿うことが出来ず申し訳ございませんが 6. 誠に残念ながらこの件に関しましては貴意にそいがたく 7. こちらの都合で申し訳ございませんが、今回の件につきましては 8. せっかくのお話ですが、残念ながら今回は先約が入っておりまして

常用商業用語

日文	振り仮名	中文	英文（括弧内為英文縮寫）
アイディア		理想價格	ideal price
あらゆる保険を	あらゆるほけんを	保全險	With All Risks（W.A.R.）
安価／安値	あんか／やすね	低價	cheap price
委託者	いたくしゃ	委託人；發貨人	consignor
一覧後	いちらんご	見票後交付	After Sight（A.S.）
一手代理権	いってだいりけん	獨家代理權	sole agency
一手販売	いってはんばい	獨家代理	Exclusive Agent
委任状	いにんじょう	授權書；委任書	Power of Attorney（P.A.）
違約金／罰金	いやくきん／ばっきん	罰款；違約金	penalty
受取手形	うけとりてがた	應收票據	Bills Receivable（B/R）
写し	うつし	副本	Carbon Copy（C. C.）
写す／副本	うつす／ふくほん	副本；複製品	duplicate（dup.）
裏書き／裏書	うらがき／うらがき	背書	Indorsement；endorsement
売上計算書	うりあげけいさんしょ	售貨單	Account Sales（A/S）
売り切れ	うりきれ	賣完	sold out
運賃	うんちん	運費	carriage（cge）
運賃込み値段	うんちんこみねだん	内含運費的價錢	Cost and Freight（C&F）
運賃着払い	うんちんちゃくばらい	貨到付款	freight forward（frt. fwd.）
運賃手数料込み値段	うんちんてすうりょうこみねだん	内含運費及佣金的價錢	Cost, Freight and Commission（CF&C）
運賃保険料込み値段	うんちんほけんりょうこみねだん	内含保險費及運費的價錢	Cost, Insurance and Freight（CIF）

日文	振り仮名	中文	英文（括弧內為英文縮寫）
運賃元払い	うんちんもとばらい	預付運費	freight prepaid（frt. ppd.）
営業所	えいぎょうしょ	事務所	business premise
エル・シー／信用状	エル・シー／しんようじょう	信用狀	Letter of Credit（L/C）
延期する	えんきする	延期	delay
大口注文	おおぐちちゅうもん	大量訂貨；大批訂貨	large order
オーダー／注文／指図	オーダー／ちゅうもん／さしず	訂貨；指示；吩咐	Order（O）/（Ord）；command
オーダー番号	オーダーばんごう	訂單編號	Order Number（Ord. No.）
送り状	おくりじょう	發票	Invoice（inv.）
乙仲	おつなか	報關行	custom broker
オファー		出價；報價	Offer（OFR）
覚書	おぼえがき	備忘錄	memorandum
卸売値段	おろしうりねだん	批發價格	wholesale price
オンス		盎司	Ounce（O.Z.）
カートン		紙板箱	carton
外国為替	がいこくかわせ	國際匯兌	Foreign Exchange（F.X.）
会社	かいしゃ	公司	Company（Co）；Corporation（corp.）
海上運賃率	かいじょううんちんりつ	協定費率；關稅率	Tariff Rate
海上危険	かいじょうきけん	海上風險	Marine Perils
海上保険証券	かいじょうほけんしょうけん	海上保險單	Marine Insurance Policy（MIP）
海損保険	かいそんほけん	水漬險	With Average（W.A.）
買取授権書	かいとりじゅけんしょ	授權書	Letter of Authority（L/A）

日文	振り仮名	中文	英文（括弧內為英文縮寫）
下級品／劣等品	かきゅうひん／れっとうひん	劣等貨	inferior article
確認銀行	かくにんぎんこう	保兌銀行	confirming bank
確定申込み	かくていもうしこみ	確定報價；穩固報價	Firm Offer（F/O）
確認信用状	かくにんしんようじょう	保兌信用狀	confirmed L/C
格安品	かくやすひん	廉價品；特價品	bargain goods；low-priced goods
火災保険証券	かさいほけんしょうけん	火災保險單	Fire Policy（F.P.）
カタログ		商品目錄	Catalog；Catalogue（Cat.）
恰好値段	かっこうねだん	優惠價格；公平價格	favourable price；moderate price
カット		降低價格；削減價格	cut
カテゴリー		類別	Category
株式会社	かぶしきがいしゃ	有限公司	Incorporated（inc.）
貨物指図説明書	かもつさしずせつめいしょ	交貨單	Delivery Order（D/O）
空手形	からてがた	空白匯票；不記名票據	blank bill
柄見本	がらみほん	圖案；花樣；樣本	pattern（patt.）
為替／両替	かわせ／りょうがえ	匯率；兌換	Exchange
為替手形	かわせてがた	匯票	Bill of Exchange（B/E）

日文	振り仮名	中文	英文（括弧内為英文縮寫）
関係先／取引先／得意先	かんけいさき／とりひきさき／とくいさき	客戶；顧客	connection；business friend；customer
勘定	かんじょう	帳戶；帳單	account（A/C）
勘定書	かんじょうしょ	帳單	statement
関税障壁	かんぜいしょうへき	關稅壁壘	tariff barrier
関税制度	かんぜいせいど	關稅制度	Tariff System
関税貿易一般協定	かんぜいぼうえきいっぱんきょうてい	關稅暨貿易總協定	General Agreement on Tariffs and Trade（G.A.T.T.）
鑑定書	かんていしょ	鑑定證明書；驗貨報告；檢查報告	surveyor's report
鑑定人	かんていにん	驗貨員；檢查員	surveyor
寄港地	きこうち	停靠港	Port of Call（P.O.C.）
記帳済	きちょうずみ	已記帳	entered
逆オファー	ぎゃくオファー	還價	Counter Offer（C/O）
キャンセル		取消	cancel
競争者	きょうそうしゃ	競爭者；對手	competitor
競争値段	きょうそうねだん	競爭價格	competitive price
キロ		公斤	Kilogram（KG）
キロメートル		公里	Kilometer（KM）
金額／数量	きんがく／すうりょう	數量；總額	amount（Amt）
銀行為替手形／銀行手形	ぎんこうかわせてがた／ぎんこうてがた	銀行匯票	Bank Draft（B/D）
銀行信用状	ぎんこうしんようじょう	銀行信貸	Bank Credit

日文	振り仮名	中文	英文（括弧內為英文縮寫）
空港税関	くうこうぜいかん	機場的海關	Air Customs
倉敷料	くらしきりょう	棧租；倉儲費	storage charge
クレーム		索賠	Claim
クレーム・レポート		索賠報告	Claim Report
原価	げんか	成本；費用	cost
現金注文	げんきんちゅうもん	訂貨付現	Cash with Order（C.W.O）
現金取引	げんきんとりひき	現金交易	cash transaction
現金払値段	げんきんばらいねだん	現金售價	cash price
原産地証明書	げんさんちしょうめいしょ	原產國（產地證明書）	country of origin；certificate of origin
直渡し／現物販売	じきわたし／げんぶつはんばい	當場交貨	Delivery on Spot（D.O.S.）
項／条／品目	こう／じょう／ひんもく	項目；條款	Item（it.）
航空貨物受取証	こうくうかもつうけとりしょう	空運運貨單	Air Waybill
交際／交渉	こうさい／こうしょう	聯繫	contact（cont）
手数料／口銭コミッション	てすうりょう／こうせんコミッション	佣金	Commission（Comm.）
公定値段	こうていねだん	官方價格	official price
口頭注文	こうとうちゅうもん	口頭訂單	oral order
小切手／手形	こぎって／てがた	支票	Cheque（Cheq.）；Check（CK）
国際商業会議所	こくさいしょうぎょうかいぎしょ	國際商會	International Chamber of Commerce（I.C.C.）

日文	振り仮名	中文	英文（括弧內為英文縮寫）
国際通貨基金	こくさいつうかききん	國際貨幣基金組織	International Monetary Fund（I.M.F.）
国際貿易機関	こくさいぼうえききかん	國際貿易組織	International Trade Organization（I.T.O.）
小口注文	こぐちちゅうもん	小額訂貨；小批訂貨	small order
国内積荷証券	こくないつみにしょうけん	本地提單	Local Bill of Landing（Local B/L）
小包／小荷物	こづつみ／こにもつ	小包裹	packet（PKT）
コルレス銀行	コルレスぎんこう	代理銀行	correspondent bank
コンテナ		貨櫃	container
コンテナ積載場	コンテナせきさいじょう	貨物集散站	Container Freight Station（CFS）
コンテナ船	コンテナせん	貨櫃船	Container Ship（C/S）
コンテナ・ヤード		貨櫃場	Container Yard（C.Y.）
梱包／荷物	こんぽう／にもつ	包裹	package（PKG）
債権者	さいけんしゃ	債權人	Creditor（Cr.）
在庫	ざいこ	庫存	stock（stk）
在庫品／財産目録	ざいこひん／ざいさんもくろく	存貨清單	Inventory（invt.）
最小限	さいしょうげん	最低限度；最小量	minimum（Min）
催促状	さいそくじょう	催函	reminder letter
最大限	さいだいげん	最大限度；最大量	maximum（Max）
再保険	さいほけん	再保；續保	re-insurance
サイン／署名	サイン／しょめい	簽署	signature（sgn.）
先物	さきもの	遠期交貨	future delivery
座礁	ざしょう	擱淺；觸礁	stranding

日文	振り仮名	中文	英文（括弧內為英文縮寫）
サブコン		有待確認之報價	SUBCON；subject to final confirmation
サプライヤー		供應者	supplier
残額／残高	ざんがく／ざんだか	結餘；餘額	balance（bal.）
サンプル／見本	サンプル／みほん	樣品；樣本	Sample
時価	じか	時價	Current Cost（C.C.）
直受渡し	じきうけわたし	即期交貨；限時專送	prompt delivery
直積み	じきづみ	迅速裝船；即期裝運	prompt shipment
市場／マーケット	しじょう／マーケット	市場；行情	Market（mkt）；price
支店	してん	分行；分公司	Branch Office（b.o.）
支配人／責任者	しはいにん／せきにんしゃ	經理	manager
支払拒絶	しはらいきょぜつ	拒絕付款	No Payment（N.P.）
支払証券／手形支払書類渡し	しはらいしょうけん／てがたしはらいしょるいわたし	付款交單	Document against Payment（D/P）
支払条件	しはらいじょうけん	支付條件	payment condition；payment term
支払手形	しはらいてがた	應付票據	Bills Payable（B/P）
支払方法	しはらいほうほう	支付方法	payment method
資本	しほん	資本	Capital（CAP）
仕向港	しむけこう	目的港	port of destination
借用証	しゃくようしょう	借據	I owe you（I.O.U.）
集荷	しゅうか	集聚貨物	cargo collection
集金	しゅうきん	集資；募款	Collection（Coll.）

日文	振り仮名	中文	英文（括弧內為英文縮寫）
住所	じゅうしょ	地址	address（adds.）
重量	じゅうりょう	重量	weight（wt.）
受益者	じゅえきしゃ	受益者	beneficiaries
受信者	じゅしんしゃ	收信人；收件人	addressee（addsee.）
受託者	じゅたくしゃ	受託人；承銷人	consignee
出荷／デリバリー／荷渡し／納入／引渡し	しゅっか／デリバリー／にわたし／のうにゅう／ひきわたし	出貨；交付；交貨	delivery（D/Y）；despatch
種類／商標／銘柄	しゅるい／しょうひょう／めいがら	商標；品牌	brand（BR）；description
照会／問い合わせ	しょうかい／といあわせ	詢問；查詢	reference
証券／書類	しょうけん／しょるい	文件；單據	document（doc）
承諾状	しょうだくじょう	擔保書；承諾書	Letter of Undertaking（L.U.）
譲渡	じょうと	讓渡	Transfer（Tr）
譲渡可能信用状	じょうとかのうしんようじょう	可轉讓信用狀	transferable letter of credit
商標	しょうひょう	商標	Trade Mark
商品返却	しょうひんへんきゃく	退貨	Return Purchase
正味重量	しょうみじゅうりょう	淨重	net weight
諸掛先払済み	しょがかりさきばらいずみ	費用預付	Charge Prepaid (Ch. p. pd.)
諸掛り払済	しょがかりはらいずみ	費用付訖	charges paid
信用調查	しんようちょうさ	信用調查	credit enquiry

日文	振り仮名	中文	英文（括弧内為英文縮寫）
数量	すうりょう	數量	quantity（QNTY）
ストライキ／内乱／暴動危険	ストライキ／ないらん／ぼうどうきけん	罷工、暴動或民衆騷擾險	strike, riot, civil commotion risks（S.R.C.C.）
スペック／明細書	スペック／めいさいしょ	明細表	specification（spec.）；specification sheet
正価	せいか	實際價格	actual price
税関	ぜいかん	海關	Custom house（C.H.）
製造業者	せいぞうぎょうしゃ	製造商	manufacturer
セコハン／中古品	セコハン／ちゅうこひん	舊貨；二手貨	second hand goods
全危険担保	ぜんきけんたんぽ	綜合險；全險	all risks（A.R.）
全危険担保約款	ぜんきけんたんぽやっかん	全險保障條款	All Risks Clauses
戦時危険	せんじきけん	戰爭險；兵險	War Risk（W.R.）
船側渡し値段	せんそくわたしねだん	船邊交貨價格	Free Alongside Ship（FAS）
全損	ぜんそん	全部損失	Total Loss（T.L.）
全損のみ担保	ぜんそんのみたんぽ	全損險	Total Loss Only（T.L.O.）
粗悪品	そあくひん	粗製品	coarse / crude goods
送金	そうきん	匯款	remittance（remit.）
総重量	そうじゅうりょう	總重量；毛重	Gross Weight（gr. wt.）/（G.W.）
総トン数	そうトンすう	總噸位	Gross Tonnage（G/T）
即座手形	そくざてがた	即期匯票	Sight Draft（S/D）
底値	そこね	最低價格；底價	floor price
損益	そんえき	損益	Profit and Loss（P&L）

日文	振り仮名	中文	英文（括弧內為英文縮寫）
損害賠償保証書	そんがいばいしょうほしょうしょ	賠償書	Letter of Indemnity（L/I）
代金取立て手形	だいきんとりたててがた	託收票據	Bill for Collection（B/C）
代金引換渡し	だいきんひきかえわたし	貨到付款	Pay on Delivery（P.O.D）；cash on delivery（COD）
滞船料	たいせんりょう	延期停泊費	demurrage
代理店	だいりてん	代理店；代理商	agent
単独海損不担保	たんどくかいそんふたんぽ	單獨海損不賠償	Free of Particular Average（F.P.A.）；free from particular average（F.P.A.）
担保／保証	たんぽ／ほしょう	保證的；擔保的	Guaranteed（gtd）
チェック		檢查	check
着荷	ちゃっか	到貨	cargo arrival
注文書／注文帳	ちゅうもんしょ／ちゅうもんちょう	訂貨單；定貨簿	order sheet；Order Book（O/B）
注文引受	ちゅうもんひきうけ	接受定貨	accept order
追加注文	ついかちゅうもん	續購訂單	repeat order
通過貿易	つうかぼうえき	轉口貿易	Transit Trade
転送／積み替え	てんそう／つみかえ	轉寄；轉運	Tranship；trans-shipment
積み過ぎ	つみすぎ	超裝	over-shipment
積戻し	つみもどし	再裝船；重裝貨物	Re-Shipment
定額保険	ていがくほけん	標準保險	standard insurance
定価表	ていかひょう	價目表	Price List

日文	振り仮名	中文	英文（括弧內為英文縮寫）
定期保険証券	ていきほけんしょうけん	定期保險	fixed period insurance
停泊期間／レイデー	ていはくきかん／レイデー	靠岸日數；裝卸貨期間	Laydays；Running Days
データ		資料	data
手形	てがた	匯票	draft
手付金	てつけきん	保證金；定金	deposit
鉄道	てつどう	鐵路	Railroad（R.R.）
電信為替	でんしんかわせ	電匯	Telegraphic Money Order（T.M.O.）；Telegraphic Transfer（T/T）
投荷	とうか	投棄貨物	Jettison
当座預金	とうざよきん	活期存款帳戶；經常帳戶	Current Account（curr. acct.）
特恵関税	とっけいかんぜい	特惠關稅	preferential duties
特殊危険	とくしゅきけん	外來風險	Extraneous Risk
特別承認書	とくべつしょうにんしょ	特別代理權	Special Authority（S/A）
特別割引	とくべつわりびき	特別折扣	special discount
特許	とっきょ	專利	patent（pat.）
トラック渡し値段	トラックわたしねだん	貨車交貨價	Free on Truck（FOT）
取消不能信用状	とりけしふのうしんようじょう	不可撤銷信用狀	irrevocable L/C
問屋	とんや	代售商	commission merchant
難破貨物	なんぱかもつ	海損貨物	sea damage cargo
荷揚費船主無担保	にあげひせんしゅむたんぽ	船方不負擔裝卸費用	Free In and Out（F.I.O.）
荷受人	にうけにん	收貨人	cargo receiver
荷為替手形	にかわせてがた	跟單匯票	Documentary Draft（D.D.）

日文	振り仮名	中文	英文（括弧內為英文縮寫）
荷作り	にづくり	打包；包裝	packing
荷主	にぬし	貨主；託運人	shipper
入札売買	にゅうさつばいばい	投標買賣	bid sales
値段書／見積書	ねだんしょ／みつもりしょ	報價單；估價單	quotation（QUOTN）
納期	のうき	交貨日期	delivery date
バイヤー		購買者	buyer
箱	はこ	箱	cases（c/s）
波止場	はとば	碼頭；停泊處	wharf（whf.）
早積	はやづみ	立即裝運	Immediate Shipment
払込み済	はらいこみずみ	已付的；付清的	paid
バラ荷	バラに	散貨	bulk cargo
販売代理	はんばいだいり	銷售代理商	selling agent
半端品／半端物	はんぱひん／はんぱもの	零頭	odd item
パンフレット		小冊子	pamphlet
販路	はんろ	經銷通路	sales route
ビット／買いオファー	ビット／かいオファー	喊價；出價	bid
日付後	ひづけご	開票後定期付款	After Date（A/D）
費用	ひよう	費用；開支	expenses（exs.）
品質	ひんしつ	品質	quality（QLTY）
品質管理	ひんしつかんり	品質管理	Quality Control（Q.C.）
船積み	ふなづみ	裝船	shipping
船積案内	ふなづみあんない	裝運通知	Shipping Advice
船積指図書	ふなづみさしずしょ	裝貨單	Shipping Order（S/O）
船荷送り状；船積案内	ふなにおくりじょう／ふなづみあんない	裝運通知單	Shipping Note（S/N）

日文	振り仮名	中文	英文（括弧内為英文縮寫）
船積書類	ふなづみしょるい	裝運單據	Shipping Document（S.D.）
船積代理業者	ふなづみだいりぎょうしゃ	航運代理商	Shipping Agents
船荷証券	ふなにしょうけん	提貨單	Bill of Lading（B/L）
フリーオファー		自由報價	free offer
付録	ふろく	附錄；附件	appendix（APP）
不渡り	ふわたり	拒絕承兌	dishonored；rejected
分割積み	ぶんかつづみ	分期裝運；分批裝運	Installment Shipment；partial shipment
分割払い	ぶんかつばらい	延期付款	deferred payment
分割船積み	ぶんかつふなづみ	延遲裝運	deferred shipment
米式条件	べいしきじょうけん	美式報價	American Terms（A/T）
別便配達	べつびんはいたつ	快遞	Express（X.P.）
保険	ほけん	保險	Insurance（insur.）
保険価格	ほけんかかく	保險價值	Insured Value
保険業者	ほけんぎょうしゃ	保險業者	Underwriter（U.W.）；insurance company
保険証券	ほけんしょうけん	保險單據	insurance document
保険率	ほけんりつ	保險費率	insurance rate
保険料	ほけんりょう	保險費	Premium（p.m.）；insurance premium
保険料、運賃、手数料込み値段	ほけんりょう、うんちん、てすうりょうこみねだん	保險費、運費及佣金在內價	Cost, Insurance, Freight and Commission（CIF&C）
保証金	ほしょうきん	保證金	bond
保証状	ほしょうじょう	信用保證書	Letter of Guarantee (L/G)
本社／本店	ほんしゃ／ほんてん	總公司	Head Office（H.O.）；main office

日文	振り仮名	中文	英文（括弧内為英文縮寫）
本船渡し値段	ほんせんわたしねだん	船上交貨價	Free on Board（FOB）
ポンド		磅	Pound
マーケット・クレーム		市場索賠	Market Claim
マージン		利潤	margin
マイル／メートル		英哩；米；公尺	mile；metre；Mark（M）
前金払い	まえきんばらい	預付貨款	Cash in Advance（C.I.A.）
未着	みちゃく	未到貨	non-delivery
見積書	みつもりしょ	估計單	estimate sheet
未払い	みばらい	不付款；未付款	non-payment
身分証明書	みぶんしょうめいしょ	身分證；身分證明	Identification（I/D）
見本市	みほんいち	貿易展銷會；商品交易會	trade fair
見本注文	みほんちゅうもん	照樣品訂貨	sample order；order against sample
メートル		公尺；米	Meter（mtr）
メートル・トン		公噸	Metric Ton（M/T）
戻し口銭	もどしこうせん	回佣	return commission
約束手形（約手）	やくそくてがた（やくて）	期票；本票	promissory note
郵便為替	ゆうびんかわせ	信匯	Mail Transfer（M/T）；postal money order
輸出	ゆしゅつ	輸出；出口	Export（Exp.）
輸出保険	ゆしゅつほけん	出口保險	Export Insurance
輸入	ゆにゅう	輸入；進口	Import（IMP）
輸入許可書	ゆにゅうきょかしょ	進口許可證	Import Permit（I.P.）

日文	振り仮名	中文	英文（括弧內為英文縮寫）
輸入申告書	ゆにゅうしんこくしょ	進口報單	Import Declaration（ID）
要求払い手形	ようきゅうばらいてがた	即期匯票	Demand Draft（D/D）
傭船契約	ようせんけいやく	定程租船	Voyage Charter
予定出発時刻	よていしゅっぱつじこく	預計出發時間	Estimated Time of Departure（ETD）
予定到着時刻	よていとうちゃくじこく	預計抵達時間	Estimated Time of Arrival（ETA）
予定保険証券	よていほけんしょうけん	開口保險單；不定額保險單	open policy
陸揚げ	りくあげ	（從船上）卸貨或起貨	unload
陸揚代理人	りくあげだいりにん	起貨代辦人	Landing Agent
リスク		風險	Risk
リベート／割戻し	リベート／わりもどし	回扣；退還	rebate
料金	りょうきん	索價；費用	charge
領収書	りょうしゅうしょ	收貨單	Mate's Receipt（M/R）
領収証／領収書	りょうしゅうしょう／りょうしゅうしょ	收據	Receipt（rect）
割引	わりびき	折扣	discount

國家圖書館出版品預行編目資料

簡易日本應用文 = Japanese practical／江雯薰著. 一一二版. 一一臺北市：五南圖書出版股份有限公司, 2024.09
面； 公分
ISBN 978-626-393-793-2（平裝）

1.日語 2.電子郵件 3.應用文

803.179 113013981

1X3K

簡易日本應用文

作　　者 — 江雯薰(46.3)
企劃主編 — 黃惠娟
責任編輯 — 魯曉玟
校　　對 — 潮田耕一、広野聡子
封面設計 — 黃聖文、封怡彤
版式設計 — 董子瑈
出 版 者 — 五南圖書出版股份有限公司
發 行 人 — 楊榮川
總 經 理 — 楊士清
總 編 輯 — 楊秀麗
地　　址：106臺北市大安區和平東路二段339號4樓
電　　話：(02)2705-5066　　傳　　真：(02)2706-6100
網　　址：https://www.wunan.com.tw
電子郵件：wunan@wunan.com.tw
劃撥帳號：01068953
戶　　名：五南圖書出版股份有限公司

法律顧問　林勝安律師

出版日期　2012年8月初版一刷（共二刷）
　　　　　2024年9月二版一刷
定　　價　新臺幣430元

經典永恆·名著常在

五十週年的獻禮——經典名著文庫

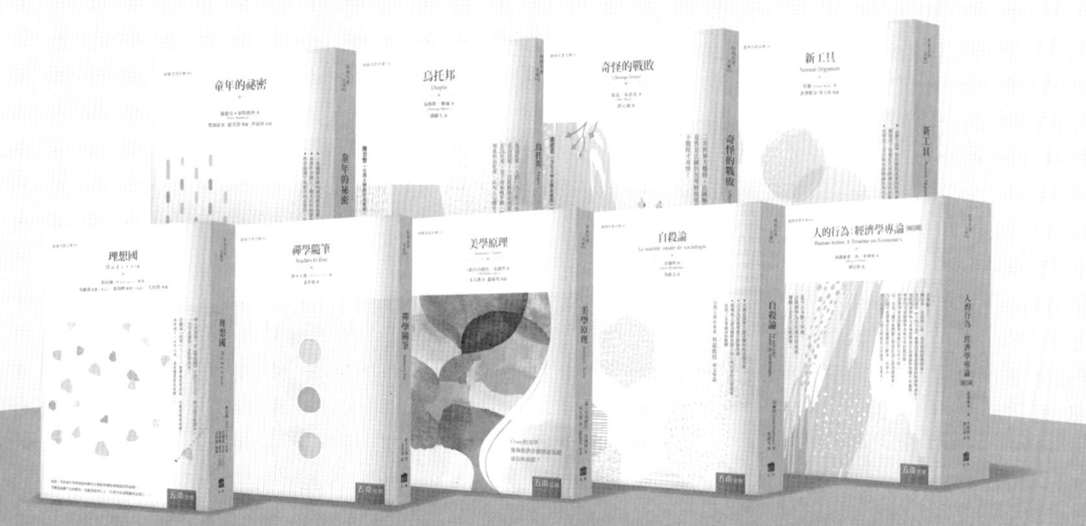

五南，五十年了，半個世紀，人生旅程的一大半，走過來了。
思索著，邁向百年的未來歷程，能為知識界、文化學術界作些什麼？
在速食文化的生態下，有什麼值得讓人雋永品味的？

歷代經典·當今名著，經過時間的洗禮，千錘百鍊，流傳至今，光芒耀人；
不僅使我們能領悟前人的智慧，同時也增深加廣我們思考的深度與視野。
我們決心投入巨資，有計畫的系統梳選，成立「經典名著文庫」，
希望收入古今中外思想性的、充滿睿智與獨見的經典、名著。
這是一項理想性的、永續性的巨大出版工程。
不在意讀者的眾寡，只考慮它的學術價值，力求完整展現先哲思想的軌跡；
為知識界開啟一片智慧之窗，營造一座百花綻放的世界文明公園，
任君遨遊、取菁吸蜜、嘉惠學子！